乔西的画笔

黄乙滢 著　郑鹏昱 图

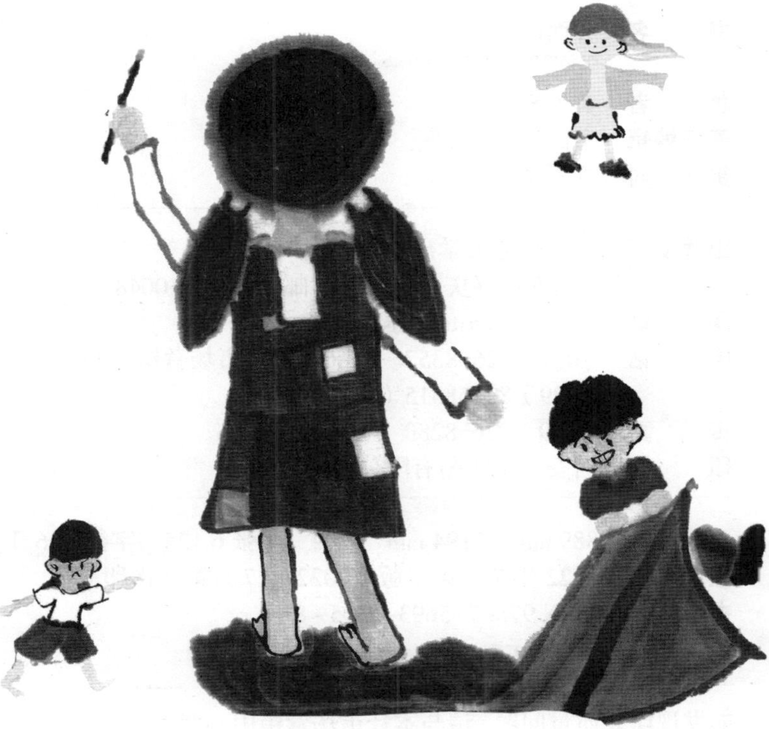

西安交通大学出版社
XI'AN JIAOTONG UNIVERSITY PRESS
国家一级出版社
全国百佳图书出版单位

图书在版编目 (CIP) 数据

乔西的画笔 / 黄乙潆著 .— 西安 : 西安交通大学出版社，2022.7
ISBN 978-7-5693-2505-8

Ⅰ. ①乔… Ⅱ. ①黄… Ⅲ. ①长篇小说—中国—当代 Ⅳ. ① I247.5

中国版本图书馆 CIP 数据核字（2021）第 278085 号

书　　名 乔西的画笔
QIAOXI DE HUA BI
著　　者 黄乙潆
责任编辑 韦鸽鸽
责任校对 祝翠华

出版发行 西安交通大学出版社
（西安市兴庆南路 1 号　邮政编码 710048）
网　　址 http://www.xjtupress.com
电　　话 （029）82668357　82667874（市场营销中心）
（029）82668315（总编办）
传　　真 （029）82668280
印　　刷 西安五星印刷有限公司

开　　本 889 mm × 1194 mm　1/32　**印张** 6.125　**字数** 116 千字
版次印次 2022 年 7 月第 1 版　2022 年 7 月第 1 次印刷
书　　号 ISBN 978-7-5693-2505 -8
定　　价 38.00 元

如发现印装质量问题，请与本社市场营销中心联系。
订购热线：（029）82665248　（029）82667874
投稿热线：（029）82665249

内容介绍

12 岁的女孩乔西生活在乡下，虽然贫穷但是她很幸福。她热爱画画，家里买不起纸和颜料，她就在沙土上用树枝画，日子就这样一天天过去了。一天，一位写生的夫人来到乔西的家乡，告诉她当地最有名的美术学院的事，自此，乔西便渴望去那里学习，成为一名美术家。可家里没有多余的钱，之后，乔西便和好友踏上了求学的旅程。虽然路上经历了千辛万苦， 但是她们依然坚持要去美术学院学习。经过重重困难，乔西终于进入了美术学院。面对众多嘲笑和挫折，乔西仍然不忘自己的初衷，努力奋斗，而且在一次大赛中取得了好名次，离她实现自己的理想又迈进了坚实的一步！

作者简介

黄乙潆，女，2009年8月出生于西安市，小学毕业于雁塔区翠华路小学，现就读于高新逸翠园中学。

黄乙潆从小热爱读书，热爱运动，是个爱好广泛、幽默风趣的女孩。从7岁起每年雷打不动地参加军训活动，养成了吃苦耐劳、坚韧不拔的品质。

良好的教育使她成长为具有良好身体、良好心理和良好社会适应能力，具有创造精神和独立思维能力，全面发展的孩子！二年级写的《我喜欢的夏天》、三年级写的《野外生存记》均在《西安晚报》上发表。四年级寒假利用约一周时间撰写长达8000字的中篇小说《羊驼》，获得了大家的一致好评。

绘图者简介

郑鹏晏，女，2008年10月出生，小学毕业于雁塔区翠华路小学，现就读于西安市崇是中学（陕师大附中分校）。

喜欢绘画，长于书法，热爱阅读，内敛善思，外表平静，内心丰盈。多次参加学校、社区，以及省市级教育部门组织的书画展演并获奖。喜欢用自己的画笔，记录所见、所闻、所思，通过绘画，表达自我。

目录

第一章

我坐在椅子上，头疼不已地看着艾娜和小克，他们正在追逐打闹，嘻嘻哈哈，撞倒了一大堆东西。我终于忍无可忍了，吼道："你们安静一会儿行不行？有点儿好孩子的样子好不好？"艾娜停了下来，冲我吐了吐舌头："你又不是爸爸妈妈，不用你管！"我拽着她的衣领："如今他们不在，我就是要管你们！"她一使劲，笑哈哈地跑开，并说道："你嫌吵可以出去呀！"我没有再和她吵，她十分聪明，吵赢她的概率几乎等于零。

在我觉得头要裂成两半时，前门传来"砰"的一声响，那两个小鬼立刻从前一秒钟的癫狂状态平静下来。谢天谢地，妈妈终于回来了！我便飞也似的跑了出去。

我一声不吭地走在河边的小路上，打量着清澈的河水。它有时风平浪静，犹如一个温柔的小女孩；有时又会掀起一阵阵波浪，像是一个淘气的小男孩。 我特别喜欢河流弯道里的水，那水碧绿得像一块墨翠。在阳光的照耀下，河面就像披上了一件金光闪闪的衣裳，瑰丽无比。傍晚，太阳从西边落下，美丽的晚霞飞上了天空，映在河面上，随着河水游动起来，像一块随风舞动的绸带，美丽无比。河里还有很多很多的小鱼，那些小鱼五颜六色，形态千奇百怪，大小也不一样。我们几个好朋友没事了就来这里玩水、捉小鱼、踩沙滩、画画，等等。这里经常有人来写生，莉莉丝也很喜欢画画——她是我最好的朋友。在画画这一点上我特别羡慕莉莉丝。她家是村子里最富有的一户人家，而且家里只有莉莉丝一个孩子，她的父母既有能力又有心情去支持她。莉莉丝曾带我看过她的画室，里面的颜料、画笔、画板和不同的纸占据了那个大大的房间的一半……

想着想着，我不知不觉来到了莉莉丝家门口，我登上那大理石的台阶，敲了敲门。过了一会儿，门打开了，一个瘦巴巴、梳着标准的三七分头又严肃得像患了面瘫的小老头走出来，并来了个九十度的鞠躬："乔西小姐，我家小姐现在不在，请你改日再来，抱歉。"我摆摆手，转身走下台阶。其实我也知道莉莉丝不在家，她的父母经常带她出席各种舞会和宴会，所以她不在家太正常了，我掉转方向，向树林走去。

路上，我折了一根细树枝，想到去我和莉莉丝的"秘密基地"画一会儿画。我们的"秘密基地"是一块三面被高大茅草包围，另一面朝河的三角形沙地。因为我既买不起纸，又买不起笔，所以我一直都在这里用树枝画画。

我走到茅草丛前，有窸窸窣窣的声音从里面传来，我小心地拨开一点挡眼的草，里面是一位非常特别的老妇人。她穿着一件墨绿色的长裙，戴着大得吓人的珍珠眼镜，那头发像是捡来的，哦，原来是一个来写生的人。

我吃了一惊。这里很隐秘，很少有人能找到这个好地方，她是怎么找到这里的？我本想走开，可她那幅画吸引了我。虽然那画上是很多人都画过的景色，但由于用色大胆，便有了种异乎寻常的奔放的美。那个老妇人的动作顿了顿："孩子，我知道你在后面。"我惊了一下。她又说道，"我是米露·怀特，你要想看可以过来仔细看看。"

人家都邀请我了，总不能不去。再说了，不看白不看。我挪着小步走过去。

这位怀特夫人转过身看了我一眼，突然有点儿惊诧，随即脸上堆满微笑："孩子，你经常来这里？"

我盯着她衣服上的颜料块，点了点头。她仍是满脸笑容："你对画画很感兴趣？学过吗？"我点点头又摇摇头："是感兴趣，以前跟着别人学过，但是没有在专门的地方学，我们这儿培训机构很少。"其实我并没有说实话。

"啊。"她点点头，微笑着看着我。我的衣服上有着各色的补丁，也没有鞋穿。她虽然看出来我们家很穷，但是她并没有点破。

我的视线又落回怀特夫人的画上。

她察觉到我的目光："那你觉得我画得好不好看？"

我稍稍眯起眼："嗯……嗯，好像不是特别好看，但有一种说不出的感觉。"

怀特夫人脸上的笑意更浓了，她将画笔给我，又重新递给我一张纸：“试试看？”我愣愣地看着笔和纸。我几乎没怎么用过纸和笔，只有几次陪莉莉丝上她的私人美术课时用过。

她又问我：“会画素描吗？”

我点点头，大概会吧，我想。因为我之前陪莉莉丝一起听过几节素描课，平时也看过不少人画素描。

我开始在纸上画起来，那位怀特夫人在旁边出神地望着我，甚至一边抚摸着我的头发，一边称赞着：“真不错！”“太棒了！”“你真厉害……”

当我画完后，她轻拍着我的手，微笑道：“很好，很有天赋，想学画画吗？”

我惊喜地抬起头来：“您的意思是，您愿意教我？”随即想到家里的情况，我又低下头：“可是我付不起钱。”

“哦，”她轻笑着摇摇头，若有所思地说，“我现在没法教你，不过有一个地方可以教你，如果到时候你学得特别好，就可以不收学费。”她变戏法似的拿出一张照片，上面是一座巨大无比的华丽建筑物。我屏住了呼吸，打我记事起，见过最豪华的房子就是莉莉丝家的房子，可这个建筑物比莉莉丝家大一千倍，豪华一万倍。

怀特夫人介绍道：“这是我们那儿最好的少儿美术培训中心，专门给像你这样零基础的孩子提供美术辅导。如果想要进入这个学校，你得先学习最基本的知识，只要通过考试就行了。如果能获得一些重要的奖项，还会得到一些奖金呢！”看着我难以置信的眼神，她又补充了一句：“平时只需要负担伙食费就行，不需要太多的学费。”接着她又慈祥地打量了我一会儿，笑了几声：“噢，你很有天赋，要是深造的话，会很出色的。”她的一颗金色的牙在夕阳下闪闪发亮。

我呆呆地望着那张照片，脑袋嗡嗡直响：不用太多的学费？我很有天赋？我听见我自己说：“噢……我从没想过……”怀特夫人微笑着说：“那你现在可以想了。”

我们沉默了一阵。

“噢，老天！”怀特夫人突然跳起来，“都这么晚了，我还愣在这儿做什么？”我目瞪口呆地看她如同旋风一般收拾东西。

“好了，”她站起来，拍掉身上的草屑，又似乎对这里有点恋恋不舍，“我想你也该回家了。嗯……，你叫什么名字？”

“乔西，乔西·巴克斯特。”

“噢，很高兴认识你，乔西。再见了。”她最后拥抱了我一下，将那张照片塞到我手中，给了我一个温暖的笑容，然后便转身走了。可我总觉得那温暖的笑容里似乎有种淡淡的忧伤。

她已经离开了很久，我仍像木头桩一样杵在原地。

我看了看那张照片，那璀璨的华灯似乎照亮了周围的树丛。

第二章

我慢悠悠地踱回家。莱拉在睡觉，艾娜和小克在焦急地等吃晚饭，妈妈在准备晚饭，而泰明和爸爸似乎打鱼还没回来。妈妈看见我，喊道：“哦，老天，你怎么这么晚才回来？快把这个水桶放到架子上去！”我拎起水桶，把它“砰”的一声扔到架子上，里面的水泼出来一点，不过我没在意。

艾娜和小克似乎又打架了，我走过去，一手一个，好把他们分开。小克抱住我，一把鼻涕一把眼泪地给我解释：“艾娜又抢我的橡皮鸭，还让它用嘴啄我的头。”“才没有呢，”艾娜嘴巴一撇，“是它自己在啄你的头，我在把它拉开！”

“不是我说你，你能不能做个淑女？”我操起大姐的严厉口气，打算语重心长地对她说教一番，“你看只要有你在家，家里什么时候安静过？你看看莱拉，人家什么时候闹过？莱拉……”

“哎呀，莱拉莱拉莱拉！”艾娜撒泼般地大喊，“我永远都是错的，行了吧！哼！”她把头扭到一边，不说话了。

“很好，我只是想让耳朵清静一会，别让脑子里出现轰鸣声。”我漠然地说道，径直走进我的房间，砰地甩上门，可它又自动弹开了。

我一个翻身扑到床上，硬木板差点硌死我，我总是记不住床上的硬木板只铺了一块薄毛毯和一条床单，如果使劲倒在床上，身上就会被磕青一块，我龇牙咧嘴地揉着我的胳膊肘，想着做什么事能让我分心。这时，那张照片掉了出来。

我盯了那张照片一会儿，很想把这件事告诉一个人。告诉谁呢？对，莉莉丝，她是最懂我的人，去找她！

我冲出家门，来到漆黑的街道上，我们这里没有路灯，路也坑坑洼洼的，白天走都会一不小心栽个跟头，更别提晚上了。我一路跌跌撞撞地来到莉莉丝家，用了很长时间，因为她家在村子的北边，我家则在南边。

我敲了敲门，白天的小老头——顺便说一句，他叫霍普，是莉莉丝家的大管家——立刻走了出来。我怀疑他是不是一直守在门边。我还没开口，霍普管家就对楼上喊道："小姐，乔西小姐来找您了。”过了一会儿，莉莉丝身穿着做工精美的家居服出来了，白色法兰绒睡衣搭配米黄色外套，显得她既美丽又休闲。

莉莉丝把我拉到她的小起居室，霍普管家知趣地走开了。莉莉丝示意他把门关上，我死死地盯着门，好像它会随时弹开一样。

“你吃饭了吗？饿不饿？要不要吃点沙拉？”莉莉丝一见面就抛出一连串问题，还走到她那个装满各种好吃食物的大橱柜那儿给我盛了点儿沙拉，递到我面前。

“哦，不了，”我把那盘沙拉推到一边，“我来和你说点儿事。”接着，我掏出被揉得皱巴巴的照片，把下午的事一五一十地说了。莉莉丝专心致志地听着，等我说完了，她才迟疑地开了口。

“呃……我似乎在哪里见过它，”她皱着眉，“也许在电脑上见过，也许听别人说过。”

“那你没去过那里吗？”

“那倒没有，”她摇摇头，一边摸着自己那双秀美的眉毛，一边说道，“它似乎在一座大城市，太远了。不过，我想我爸妈或许知道一些。我一会儿问问吧。”

“嗯，那好吧，不过我现在得赶回去吃饭了。”我们双双站起来，“哦，对了，你明天中午能不能去三角地？”莉莉丝忽然开口问道。

“没问题，明天我干完活就来。”

她没有说话，用手给我比了个“OK”，转身回去了。

当我到家时，大家正准备吃饭，一切都在我预料之中，小克和艾娜使劲往厨房挤，莱拉则规规矩矩地站在一边。今天吃的仍然是黑面包和一些很稀的粥，还有一小碟豌豆。我倒没什么怨言，自从小克出生后，我们就只有圣诞节才能吃到鸡蛋、奶酪和猪肉这些好东西。

妈妈瞥见我回来了："乔西，你今天去外头吃饭，因为你来晚了。"我耸耸肩："我不在乎。"其实我还是挺不想去外面的，现在已到了秋天，而我们这儿晚上特冷，站到外头就等于掉进冰窖。但厨房又小又窄，容不下我们一大家人在里面。而妈妈又禁止我们进卧室或门厅吃饭，所以一入秋，我们就会抢夺进厨房的名额。我端起碗，走出门。

“那好，我认为蚊子们会很高兴和你一起共进晚餐。”妈妈的喊声在我身后响起。

过了一会儿，艾娜和小克也因为太吵被赶出来吃了。我挠着腿上新被咬的几个包，假装听不见他俩响亮的吸溜吸溜喝粥声。

我走到一边，掏出照片，瞧了又瞧。

月光投射在照片上，显出一种幽冷的清辉。

吃完饭，睡觉还早，我准备去找萨沙谈谈，她是我在村子里除莉莉丝外唯一的朋友。虽然她家里只有三个人，但现在过得一点儿也不好。以前她们家可真是温暖幸福。她的妈妈是我们村的一名老师，经常教我们画画、认字和其他有趣的事情，她爸爸很爱他们，可是她的妈妈在去年患肺结核死了！从此以后，一切都变了！她的爸爸变得凶暴起来，对萨沙和她的哥哥是一天一次骂，三天一次打，还要他们从早到晚地干活，自己则喝酒抽烟又赌博。萨沙的哥哥福特是一个很老实的孩子，而萨沙则既顽皮又聪明，所以总被罚洗涮全家最脏的地方——厕所。但她从没干过，都是她哥哥帮她干。她还总是溜到河边和我们一起玩儿，有时也让我陪她到她妈妈的墓地那儿，和我聊上很久。一般这个时候她爸爸正在酒馆喝得烂醉如泥，所以她才会出来放松一下。

我来到她家房子后面，按照我们的暗号“喵瞄”地叫了两声，不一会儿，萨沙的身影出现在树丛背后。

借着明亮的月光，我看见她的一只眼睛肿了。她见我一脸严肃地盯着她的眼睛，扑哧笑出声：“卡特奇又要我打扫厕所，我叫他自己跳到粪坑里去扫。”自从她爸爸变了以后，她就再也不肯把卡特奇叫爸爸，她觉得那样很恶心。“然后呢？”我问，其实我并非不知道结果。“然后他就顺手抄起水壶砸了我的眼睛。”随后我们沉默了一阵，我虽然心疼萨沙，但却帮不了她。

我突然问她：“你想过离开卡特奇吗？”

“想过无数次了，”萨沙说着捡起一块小石头，狠狠朝一个水坑砸去，仿佛那是卡特奇丑陋的脸庞，“要不是我哥，我早就跟他说拜拜了，我哥就是个榆木脑袋，我想过很多次和他一起走的，可他就是不走，我有什么办法？”她说着耸耸肩。

“噢，这是什么？”她用两根修长的手指伸进我的口袋，扯出一团皱巴巴的东西，于是我又把怀特夫人的事情给她讲了一遍。

萨沙听得双眼放光，拉起我的手：“我们走吧！”

“去哪儿？”

“喏，去那儿呀！”她指了指照片。

“什么？！”我吓了一跳，“你怎么啦？这可不是闹着玩儿的！首先，你知道怎么去吗？没钱哪儿都去不了！其次，你知道它在哪儿吗？最后，你舍得离开这个村庄吗？”

“我就是要出去闯一闯，看一看！”萨沙大声说道，声音有些沙哑，“如果不走出去，我们怎么知道外面的世界？”

“可是……”我不安地咽了咽唾沫，“艾娜，小克，泰明，莱拉，还有爸爸妈妈，他们都是我的家人啊。”

“难道你想一辈子待在这里，直到变成一块身上长出青苔的大石头？”

“很好，”我讽刺道，“至少你可能会先比我变成一粒沙子。可怜福特疼你那么多年，你还是要离开他。”

我们又沉默了一阵。

“哼。”萨沙突然冷笑一声，没理我就转身走了，我看着她走回去。这不公平，每次都是她和我发脾气，真以为自己是根葱了。我们几乎每次见了都要吵架，之后就冷战几天，完了又和没事一样和好。虽然我们总是这样吵闹，但是我又一直喜欢和她待在一起，也真是怪事。

我溜回家，莱拉又照常在洗漱。她有点儿怪，性格内向又很守规矩，几乎没有朋友，艾娜和小克一向是家里的烟花，随时都可能噼里啪啦地燃烧起来。我家房子不大，只好委屈莱拉跟艾娜、小克住一个房间，他们在妈妈的催促下爬上了床，不过并不打算睡觉，而是互相咯吱对方玩，笑得咯咯的。我轻手轻脚地溜到他们门前，听到小克小声说：“等乔西回来了，我要告诉她，你说她是母老虎。”

“那又怎样？我又不怕她，而且很好玩。”艾娜不以为然。

“我让她打你屁股，好不好玩？”

“喊，她那么凶，本来就是。”他俩一起笑起来。

我也懒得理他们，直接回床上去了。

……

我拉上毛毯，脑子里一直回响着萨沙的话。

“你想一辈子待在这里吗？”

“不走出去，怎么知道外面的世界？”

“我不想！”我情不自禁地轻声出口，又连忙往四下看看，除了鼾声如雷的爸爸，整个家都在沉睡，也没人突然问我刚刚说了什么，万籁俱寂。比起这片小村庄，外面的世界也许更好，我想，萨沙其实是对的，在这个小地方，吃、穿、用都不好，唉——，想着想着，我拉了拉毛毯，睡着了。

梦里，我看见莉莉丝和萨沙走了，我拼命地追，妈妈他们也在追我，我们都跑得很费力。突然，我像是一脚踩进了泥沼里，我大喊着救命，可没人理我，我沉到了水里……

“哦，天哪，湿了！”我高声叫道，睁开了眼睛。面前是妈妈，她手里拿着一条湿毛巾。

“哦，确实有点湿。不过亲爱的，你没事吧？”她拧了拧湿毛巾。

“哦，没事。”我飞快地套上外衣，“我可以去给菜地浇水了。”我拎起水壶，来到地里，给一排排的豌豆浇水。我一点点地挪动脚步，以免踩到它们。如果今天手脚麻利一点儿，就可以多和莉莉丝待一会。

我还要到附近的农场主家给奶牛挤奶，以及喂鸡和洗衣服。

这一切都完成后，我来到三角地，不过莉莉丝还没来。现在已是秋天，不过中午还是暖融融的，也有许多蚊子。我一边挠着腿上的包，一边数我被咬了几个包，感觉很有意思。阳光顺着为数不多的叶子缝隙洒进来，给厚厚的落叶镀上一层金辉。人坐在上面就像坐在地毯上，一动就发出咔咔的落叶被碾碎的声音。

等莉莉丝的时间漫长乏味，我尽量不让落叶发出声响，仿佛全世界就剩我一人。不久我远远地看见一个米黄色的身影在往这边跑来，落叶发出难听的脆响。

莉莉丝一边跑一边气呼呼地说："哼，我妈非要我做完那一页的算数题才让我出来，我跟她说我有事，可她不听，我只得做完，所以来这么晚。但……""行了，"我打断了她，就算气喘吁吁，她一着急说话还是和连珠炮一样，我经常想象她着急时含着一嘴豆子说话，豆子大概会喷到天上吧，"你知道了吗？"

"嗯，"她定定神，"那是所名为纽苏兰的学校，挺有名的。不过从这儿去那里有点耗神，不近不远的……大概隔了几个地区吧，可能要一百多公里呢。想入学可没那个老夫人给你说的那么容易，得考，得有基础。而且要交学费、住宿费、伙食费。"

“是吗？”我感到胃里一阵翻搅，“一年大概多少钱？”

莉莉丝吸了一口气，好让接下来的话友善一些，可惜她做不到：“大概四千索比。”

“四千索比？”我的大脑一片空白，那辛辛苦苦建立的梦想大厦倒塌了。

“嘀，我能负担得起就真见鬼了。”我苦笑。

“是啊是啊……唉！”她一边漫不经心地附和，又突然抬起头，“你这是什么意思？你要去那儿？！”

我有点惊讶：“我没和你说过吗？”

“啊……你开玩笑的吧。”她不自然地笑笑。

“我没有。”

“哦……我不知道，有句话当讲不当讲。”她一边说，一边拍掉毛衣上的落叶。

“呵，别把自己当什么大文豪，快说。”

“嗯……其实……我马上要去一个类似于但又多少比纽苏兰小一些的学校去上学了，是我的父母决定的。”她看着我的眼睛，想安慰我，“当然我也不想走，我舍不得你。”

“但就算那样，你要走也是事实，改变不了，对吧？”我仍然苦笑。

“我想是的。”

我们又沉默了一阵。

“那如果你要走，我也要和你一起去。”话一出口我就觉得自己有点好笑，我怎么不知道爸妈的反应？家里哪有闲钱？他们怎么又会让我走呢，我走了家里的活谁来做呢？莉莉丝显然也知道这一点。

“别，千万别，”她不是萨沙那种头脑发热做事冲动的人，又继续说道，“你爸妈肯定不同意，他们会说什么呢？”我略微思索了一下：“不知道，可能会把我关起来吧。”莉莉丝似乎也不知道怎么安慰我，只是陪着我坐了好久，最后回家了。

回家的路上，我的大脑一片混乱，爸妈是绝对不会放我走的，再说家里生活拮据，别说四千索比了，和爸爸要一个索比也比登天还难。本来他们就反对我成天画画这件事，用他们的话来说就是“学那些有什么用，将来只是一个书呆子罢了”。他们似乎认为，只要有力气就能吃饱饭，不过到现在我也没见家里吃过什么蛋糕之类的东西，黑面包之类的倒吃得不少。

突然，我觉得，这也许是一次机会！

很明显，进城是一个不错的选择，以后也许能有很多机会挣钱，应该会很轻松，而留在这儿，以后我也会和现在看到的所有人一样，脸色黑黄，又辛苦又饥饿。这是一道不复杂的选择题，虽然我是一个方向感极差的人，但至少我可以先想想怎么走，如果要去的话，只有和萨沙一起走，我们可以挑一个没有月亮的晚上偷偷挖条密道溜走，这种情节在我的脑海中闪现过无数次，还蛮有意思的。就先这样吧，我心烦意乱地想，管它呢，就算爸爸气得把我鼻子咬掉我也认了。我家没有三脚车之类的出行工具，只有一匹老到快去见阎王爷的老马，整天昏昏欲睡地趴在稻草里，它叫瓦斯特斯，是爸爸和妈妈结婚时掏了很大一笔钱买的，现在已经三十岁了，折算成人类的年龄大概是八十多岁。它年轻时跑得像闪电一样快，现在“马老珠黄”，不中看也不中用，走几步就得停下歇一歇，要是真跑起来，最妙的结局就是瓦斯特斯四脚朝天，来个前滚后翻，然后摔折脖子。所以这种方式连想都不要想。那么，我有其他选择吗？

也许你会问，没有公交车吗？哎呀，一点儿也不错，有肯定是有的，不过那是一辆吱嘎作响的大公交车，散发着一股子铁锈味儿，更重要的是还要掏车费，可是车费又在哪里呢？如果我要坐的话，得穿过卡特胡尔村以及一片荒原。没办法，只能这样。不过什么时候走呢？最好还是凌晨五点前吧。那时大家都睡得很熟，不过我不敢保证我能准时起床，而且要一个人穿过黎明时的荒原，我和萨沙确实都需要有人陪伴前行。

萨沙？

哦，不，她可能和我一样也是拿不出一分钱坐车的。但无论如何，我应该先去问问她。

她现在也许在水站取水，当我到水站时，看到了她，不过她假装没看到我，应该是还没忘掉昨天我们吵架的事。我走过去，拍了拍她，这次她不能再装了："你来道歉吗？'我见后面的人露出不耐烦的样子，把她拽出队伍，没好气地说："我又没错。我来给你说事呢，我想好了，我要离开这里出去学习，我想当一名画家。"

第三章

萨沙不感觉意外：“决定了？打算怎么办？”“我想和你一起走，到列文村坐大卡车去。”“哦？”她说着，总算露出一点儿兴趣，“那你有钱坐车吗？”

“嗯……现在没有，”我不由得放低了声音，自言自语般地说，“不过会有办法的。”

“你能有什么办法？”她嘲弄般地笑笑，“我想你很清楚，你爸妈绝对不可能给你一个子儿的。”

“嘁，你还不是一样？”我反唇相讥，“我想你只要敢开口，卡特奇就会先打折你的腿，然后把你扔到猪圈里喂猪，五十步笑百步。”

“我当然有办法，”她一反常态地收起笑容，一本正经地说。——因为你没有一个不正经的朋友，否则你就会知道你不正经的朋友突然正经起来的感觉。

“你是知道的，我妈之前是当教师的，她把一部分积蓄给了卡特奇，还有留了一些给我和我哥，还不少呢，大概有五千索比……你知道吧？我已经把这些钱从我哥那里骗出来了，这些足够咱们两人坐车和过一段日子。”

我惊诧地望着她，不敢相信这么难的事竟让萨沙这么轻而易举地解决了。我从未听过这事，但为什么我马上又不觉得意外呢？我也不知道。

“就这么定了，”她一边扭扭脖子，一边兴高采烈地说，“一想到要离开这个地方了，我浑身的骨头都感到舒坦。那今晚三点，我在村口等你？”

我不知道怎么回答，只是木然地点点头。

我心中五味杂陈，这样真的好吗？但我已经没有退缩的机会。

回到家后我立即着手收拾东西。妈妈看见了，但她只是说我最好不要乱摆东西，她不知道，我在计划离家出走呢。看着她忙碌的身影，我不禁可怜起她来，她不知道，明天她就看不到女儿了。我有点儿伤心，但没有掉眼泪。那样很肉麻，会让我浑身起鸡皮疙瘩。

午夜三点，钟声敲了三下，萨沙应该已经在村口等我。事不宜迟，我小心地套上单鞋，扯起包裹，在房子里转了几圈——对这个家，这个我生活了十一年的地方做告别。我站在妈妈床前，她深陷的眼睛紧闭着，枯黄的头发披散着。她睡得不安稳，像是感应到了什么。

“妈妈，”我用轻如鼻息一般的声音低语道，“原谅我，我是为了我自己。”说完，我轻轻地退了出去。我在厨房里找到了两个薄饼和一些土豆汤，为了防止路上饿，我喝了汤，吃了一个薄饼，还颇有远见地留了一个饼打算在路上吃。

再见了，祝你们生活愉快。这不是针对某些人说的，只是我离开房子的最后一个想法。

我披上外套，转眼间，就来到满天星斗，万籁俱寂的村路上。在蒙蒙薄雾中有一个黑影站在村口，是萨沙。

第四章

我向萨沙跑去，她也看见我了，我们小声说话，怕打破宁静。

“我们可以走吗？”

“可以可以，钱都在这儿呢。”我们小心地拉着手跑起来，脚步很轻，只怕我们发出一点儿声响，整个村庄会惊醒，继而我们的家人再把我们抓回去。

我和萨沙感到世界上只有我们俩，有点儿初次离家的新鲜感，甚至有点想笑。但我们很快就笑不出来了，人在走夜路时总爱浮想联翩，尤其是在周周几乎没人的情况下。小路两边长着高大的树，往常它们很美，但现在是晚上，在我眼里它们就是黑色幽灵，是地狱的黑色使者，都和一个“黑”字有关，而这片区域就是黑色幽灵出没的地方。它们随着风一起嘎嘎狞笑，盯着我们，恨不得把我们凿一个洞出来。这时候我真痛恨世界上为什么要有树这种逆天存在的东西！听着它们的狞笑，看着它们的身影，我想，它们为什么不可以闭嘴？或者消失？我们的心跳得咚咚响，都认为现在最好还是说说话来缓解一下。

“我们为什么要怕呢？”萨沙先打破沉默，“我们也走过夜路啊。”

“不知道，”我是真不知道，思索了一会儿，找出一条我自己也不信的理由，“你知道吧，这里的黑和村子里的黑是不一样的，那是自家的黑，所以没什么好怕的。”

我们硬着头皮从巨大的树影下走过。

平时随便扯一个话题都可以聊开的我们，现在却不自在，不知道该怎么走路，只想赶紧走完这一段，接着下一段，下一段……

“哎，”萨沙突然出声，“我们来玩一玩游戏吧。”她说这里是伊希墨哈（掌握黑暗的女神）统治的黑色地狱，而我们则是索菲拉光明神的公主使者，可以带来光明。虽然我两年前就不信这套公主与王子的游戏了，但在这样的地方还是做做好。

她接着说，我们分别是阿娅加莎公主和索菲娜公主，而树都是被魔化的百姓，最高的树就是王子。我们必须给他们以拥抱来解救它们，尽管它们是魔鬼。

“不过没关系，”她说，“这里很快就能变成天使的殿堂。”她一手拉我，一手抚摸那些树，我们一路跌跌撞撞，她也就一路抚摸粗糙的树皮。我想叫她停下，因为我们这么跑就像有一只疯狗在后头追我们似的，但我又觉得这样还蛮有意思的，所以我没说话，任由她牵着往前跑。

我们面前出现了一个巨大的黑色幽灵。毫无疑问，这是今晚那位最高大，被魔化得最深的王子，因为它的黑雾是最重的。

萨沙这么想着，她满意地拍着手：“我已经找到了王子，”说完，她抱了那棵树，但树就是树，不会有任何反应，这一点我当然清楚。于是我把目光挪到别处，我顿住了。

“嘿，萨沙，”我出声了，“你不用抱这些恶心的东西了。”

“为啥？”

“因为我发现了天使的殿堂。”我指了指远处的一个角落，那里的几株小草上，露珠儿在朝阳下熠熠发光。

第五章

萨沙也看见了，她高兴地拍着我的手："哎呀，我们已经到了荒原！""你那么肯定吗？"这倒不是我不相信她，而是我的方向感太差了。曾经有一次我在村里散步，结果给迷路了，后来妈妈问我上帝在创造我时是不是忘加了方向感之类的神经。

"绝对没有，"萨沙信誓旦旦地说，"穿过荒原就到卡特胡尔村了。""好吧，"我半开玩笑地说，"那如果我们被獾和狐狸咬掉了鼻子，那就是你的错。"谁都知道，荒原的大路上很安全，但偏僻的地带有獾出没，那是一种凶猛的动物。我们小心地走在大道上，尽量不偏离。

但我们担心的事情还是发生了。一只獾蹿出来，瞪着我们。我们发出一阵类似原始吼叫的声音，把那只獾吓了一跳，因为它可能没听过这种声音。爬树对我们来说不是难事。我们刚坐好，那獾就跑来了，不过这次是以眼还眼，瞪着我们。

“你就瞪吧，但要小心把眼珠子瞪掉了。”萨沙说。

那只獾不再瞪我们，而是绕着树转起来。我悄声对萨沙说：“你看，那只獾很喜欢你，只要你下树，它就会给你一个大大的拥抱。”萨沙一动不动，紧握树枝的手指关节有点发白。我敢发誓，只要我们不动，它就不会拥抱我，我也敢发誓，萨沙绝对是吓坏了，不然脸色怎么会那么白呢。我也差不多，只是没有说出一个令我担心的事情，萨沙应该不知道——绝大多数獾都会爬树。但我认为它不会主动攻击人，它好像吃得很饱，并且应该也饿不到那个份上。

确实不会。它似乎想上来，但我们发出比刚刚更刺耳恐怖的尖叫，只要看看它的利牙就知道我们的叫声绝不掺假，所以它很快又滑了下去，它应该是不想待在这两个频频发出怪声的东西跟前了吧？或是那短短的四肢撑不住它肥得流油的身躯？不知道。总之它跑了。

确认它走远后，我们四肢发软、喘着粗气溜了下来。空气里弥漫着的皮毛的味道，让我不禁皱了皱眉头。我们都没说话，但充分地认清了荒原的面目。这时我怀疑我们出走这事不应该发生，又或者是，我那天下午去三角地本身就是一个错误。但我们不能也不敢回头了。我就不说了，萨沙可能会被卡特奇劈死的。

“刚刚我觉得我已经死了，”萨沙一边虚弱地说，一边撑着双腿发抖地站起来，“哦……我的心脏。”

除了今天，我这辈子都不会再走这条路了。我暗暗发誓。天大的邀请也不来了。

路还是要走的。正午的太阳又干又热，宛如到了夏季。这附近没有小溪，也没有野果。又累又饿、又渴又热的感觉，真是生不如死。我特别想把太阳一脚踢到海里去喂鱼。怎么还没到晚上？月亮为什么就那么懒？我的手在口袋里胡乱摸索着，摸到了一块——薄饼。我记起来了，这是预留给在紧急情况时吃的，而现在就是紧急中的紧急。不过一定要匀一半儿给萨沙，不然她可能会把我一脚踹飞。但我不确定她有没有那个力气，因为她看起来也要虚脱了。

我们吃了薄饼后，感觉好多了。现在要考虑怎么离开这个鬼地方了。

是萨沙先想起一点辨路方法的。她摇摇晃晃地站起来，像一只扑扇着翅膀又笨拙的鹅："嗯，我好像记得植物朝南面长得茂密，朝北长得稀疏，我们是往北面走吧？"

我点头同意。

她认为不妨试一试，我也这么认为，但我们很快发现没有必要了。

显然有很多牧羊人来过这儿，因为草不仅被啃得参差不齐，还布满带泥的脚印，许多花草都被踩断了。真令人厌恶。

萨沙忽然一把拽住我："你听！"

有口哨声。一个人——准确地说，是一个身穿白色绒衣裤，缠着头巾，赶着一大群羊的高大男人向我们走来。

第六章

那个牧羊人漫不经心地走着，还不耐烦地驱赶着他的羊群，他和羊群像一堆肥皂泡，向我们飘来。我敢说只要我们的脚放麻利点，他就看不见我们。倒不是我不想动，是萨沙觉得再这么下去总会被绕丢了，问路才是上策，所以不管我怎么扯都扯不动她。

我不太擅于与陌生人沟通。

越来越近了。他看见了我们，有点惊讶。大概是这里很少有人，而这两个女孩也不像是来玩的。再说，又有哪个脑子没进水的人会跑到有野兽出没的地方来玩呢？如果有，还是结伴来的话，脑子进普通的水还不够，必须是开水。总之，他应该认为我们神志不清，所以眯着眼歪头打量我们，一脸警惕：“你们两个小家伙从哪儿来的？”

“维古拉文村，先生。”萨沙太让我大开眼界了，她的假话是张口就来，而且下一句也是，“这是我的姐姐，我们要去卡特胡尔村看望表姨母。”哎呀，她可真聪明！因为我没有什么表姨母，她肯定也没有。

不过牧羊人还是不太相信我们：“你们的父母呢？他们怎么会让小孩子在荒原上乱逛！绝对是疯了。”

“你不也在乱逛？”我终于使自己出声了。

但我觉得有点唐突，即使编也应该礼貌一些，可牧羊人那粗大的嗓门让我无法礼貌起来。

“我嘛，”他一边说，一边笑出一口洁白整齐的牙齿，这让我对他的印象改了几分，他其实长得蛮可爱的。“我有猎枪和吉丁，而你只有一团布。”我知道他指的是我们的包袱，吉丁应该是那只黑狗吧，它瞪着我们，充满敌意。我不知道应该怎么说，但萨沙为我解了围：“实际上我们的父母很忙，所以让我们来。”同时我心里还在想你萨沙编瞎话编得真好，让人挑不出毛病。可我有点担心他会问我们的表姨母是谁这样的话，不过好在他没有多问。

这时萨沙开始一步步套话，打听卡特胡尔村，又是声情并茂地编了一大段话，说什么我们要在村子里坐车去时，我几乎都信了，那牧羊人绝对也信了，因为他说：“嗨，村子里大概要安全一点！”

说完他就走了，但速度很慢。我们俩互相看了一眼，在后面踌躇着，因为我们不确定他到底带不带路。但好在他回头瞪了我们一眼：“你们是在等狼把你们吃掉吗？”我们明白了，所以赶紧去追他。

尽管他很和善，也很热心。但我不喜欢他，理由有很多：他身上有发霉的烟草味啦，走路太快啦，很少讲话啦之类的。

我认为没什么好和他讲的，萨沙也这么认为，但牧羊人却在很努力地找话，虽然他的努力往往都白费了。我只想赶快坐上车，或买一个果酱面包吃。

我从未想过会有这么多麻烦事，至少计划是很简单很不错的。但实施起来却出现了一大堆问题，明明很糟糕，然而我不后悔。

我不禁想象着家里的画面。现在家里是不是炸开了锅呢？爸爸大概暴跳如雷，妈妈会伤心吧，莱拉和泰明大概没什么感觉吧，至于艾娜和小克，应该是开心到飞起吧。说实话，我有时感觉我们五个不像兄弟姐妹，我几乎不和莱拉说话，常常忘记有泰明这个人，整天跟艾娜和小克打架吵嘴，我还听妈妈这样抱怨我们：

“老天，他们五个到底有何冤仇？”

她认为我们没一个像是她的孩子，都像是捡来的。一想到这儿，我就很无语。

现在还不是考虑这事的时候。和一个身材高大的牧羊人挤在一个羊群里走路真是太傻了，尽管萨沙在旁边。

“还有多远？”我实在受不了了，就问道。“马上，”他回答道。这一刻我真的无话可说，他是成功掌握了把天聊死的秘诀吧，他就不能多讲几句话？我很想走快一点儿，因为我不时想象着家里的气氛，甚至还想着村子里会不会派人来抓我们，我们需要走快一点，再快一点……他们就抓不到我们了……

周围是一片亮眼的光，太阳好像并没有升起来。草原上有忽飞忽落的鸟，有狮子、羊、马，还有小鹿在跳跃。我跌跌撞撞地跑着。我要去哪儿呢？是纽苏兰吗？我晕乎乎地想，脑门上突然痛起来……

我一下子被拉回现实。一根木头立在我眼前，我的头上立刻就有一个不大不小的包，不用说都知道发生了什么事。

不过萨沙抢着说："你刚刚像鬼一样深一脚浅一脚地飘浮着，怪吓人的。然后就一头撞在了柱子上。"

柱子？哪来的柱子？这不是树吗？

一声不吭的牧羊人站起来，示意我向上看："到啦。"

我撞到的压根不是什么树，而是一根木柱。旁边还有一根，上面高高地挂着一个牌子，写着几个醒目的大字：卡特胡尔村。

第七章

“再见，姑娘们。”牧羊人一边说着，一边笑出了完美的八颗牙齿，他现在看起来是那么友善呀，好极了。

我感到萨沙扯了一下我，但我不知道她是什么意思，我还没反应过来，她就鞠了个躬，很有礼貌地说：“谢谢叔叔，您辛苦了！”我不习惯她这样，她太能装了。

牧羊人也是，他脸上肌肉抽搐了一下：“啊，别叔叔叔叔的叫，我叫杰克。”

萨沙没再动嘴，她的意思显然是让我说，我的嘴里挤出几个字：“呃……杰克，谢谢您。”

“呵，”他的嘴角又勾起一抹弧度，“这样才对。”最后朝我们挥了挥手，就离开了。我们面面相觑，不禁长吁一口气，我们都感觉自在多了。

我四下望望，现在最要紧的事是打听在哪儿等车。有几个人带着包袱坐在村子另一头的村口，是在那儿吗？我随便拽住一个人问：“打扰了，能告诉我们在哪儿等车吗？”“那儿。”他无精打采地朝那边的村口指去。我在想：他是因为每天只能看见村子上方这一点天空才烦闷的吗？

“另外，”萨沙声音嘶哑地问，“村里的商店在哪儿？”她舔了一下干裂的嘴唇，我知道她绝对是想买水喝。

“那边。”他又抬手一指。真是惜字如金，不过我们还是道了谢。萨沙让我在这儿等她，她去买水。

我坐在石头上，打量着这里。人虽然很多，但都灰蒙蒙的，而且大多数和刚才的那个人一样，既不善言辞也不喜言辞，不相互打招呼，整个村子安安静静的。这可真奇特。

人们来来往往，我的心也来来往往。

太阳不是那么刺眼了，甚至有点暗下去，我知道不早了，肯定不会有人来找我们了，我没说出我那个小小的期望：我还是希望有人能来带我回去的。我从未如此思念过家，突然感觉家是那么的温暖，我竟然还想念那两个讨厌鬼及家里的所有人，就连那个吱嘎响的破门此刻都让我觉得那么亲切可爱！

似乎过了很久，车依然没来，萨沙也没回来，是我眼花了吗？一群羊在我面前，如果只是一群羊，那完全不值一提。不过，那只纯白，只是尾尖有一点黑的羊和那只弯弯的赭褐色羊角上布满斑点的羊绝对是杰克的羊，我不会搞错。霎时间，那种不适感又回来了，我的身上、手脚和肚子都开始发凉。

“嘿，又见面了！”一个熟悉的声音传来。“咳……咳咳……，”我毫无防备，吓得咳嗽起来：“杰克，你能不能提前……提前打个招呼！”我知道牧羊人都心直口快，没再多说，不过他认为我这样子很奇怪。

他似乎很喜欢和我聊天，我只能陪他聊，因为拒绝别人是不礼貌的。

不久，我知道了他是附近最大的农场主，有几十亩地，而且就在村子后头的草原上，并不是在荒原上。大家都不理解，他为什么每天要亲自去放羊。

“他们认为我是个神经病。”杰克得出结论，他又问我：“你认为呢？”我耸了耸肩:“大概有点儿吧……，那你不累吗？”“啊，”他飞快地说，“我认为草原上的阳光对一个五十岁左右的人是有一定的好处的。”“你五十多岁了？”我吃惊地问，确实，他一头浓密的栗色头发让人很难相信他有这么大岁数。

“当然，早上的空气是很清新的，尤其是草原上……而且放羊的大部分时间是有趣的，因为羊本就是一种娴静的动物……有的时候除外，比如现在……”他伸手去拽离他最近的小羊，但小羊的动作比他快——它杀猪般地尖叫着跑开了。

“糟糕……没注意……”杰克恼火地嘟囔着去追赶小羊。我没听清他说了些什么。

但唯一确定的是：所有的羊都大声地叫唤着，像是被什么给吓到了，惊慌地四散乱蹿，我则不知所措地被几只胆小的母羊挤来挤去。

“嘿，别在那儿发愣了，帮帮忙！”

怎么帮？我在内心里大声呼喊。

答案很快就来了：“把羊赶到村子里！”

我忙不迭地动起来，冲向羊群。实际上羊群已分散，大多数羊像瞎了一样往树上撞，咩咩乱叫，搞得我心烦意乱。我对一只大公羊吼：“闭嘴！你不说话没人把你当哑巴！”不过我又想到，和它讲道理好像没有用，于是我拽着它想把它拖走，但也只是做着徒劳的努力，当然，它使劲瞪了我一眼，就好像我是什么怪物一样，迅速跑掉了。

它们这样绝对是有原因的，但我不知道是什么原因。现在尘土飞扬，沙子进了眼睛，我使劲揉着眼睛还是看不清，……有个什么东西在吱嘎吱嘎地响，铁灰色……

一开始我以为是大象，但大象应该不会吱嘎吱嘎地叫。

随即我明白了，这是那辆大卡车。

它来了！

这种情况，太难了！

萨沙去买水了，我们也不知道车来的时间，怎么办？怎么能让车一直等我们呢？我也不能一个人上车，以后我们还要靠萨沙的口才呢。再说我也没钱，而且据我推测，这是今天的最后一班车，明天第一班车是早上九点多。如果今天不坐这班车，我们晚上住哪儿呢？处处都是问题……那辆车已经到了村口，羊群被彻底打散，有人提起包裹向车上丢去，还有人朝小罐子里扔零钱。

我来不及多想，既然今天坐车是最好的办法，那还是要尽力争取一下。我冲向那个看起来虚弱得像个老妇人的司机，问他能不能等等我妹妹。他用一种怀疑的目光看着我，最终松了口："她还要多久？"

"很快，很快。"我一边请求着，一边暗暗希望萨沙能快点赶来。买个水还磨磨叽叽的，她是不是还悠闲地走在小道上啊？现在的尴尬够我受一辈子的了。司机爬上驾驶座，不耐烦地按喇叭，也有人发出了抗议声，我全身的细胞都在期望、祈祷、等待……所有人都看着我，我会叫萨沙记住的。

那个长相和善的司机一点儿也不和善了，他的脸上有六分生气以及四分不耐烦，他把整个身子压在方向盘上。

我不知道该怎么向他解释，只见他一言不发地甩上车门，一踩油门，带着一片尘土离去。

我在后面边追边喊着："哎——"因为不可能追上，所以只追了一小会。后面紧接着也传来"喂——哎——"的声音。只见那个小人儿嘴里咬着果酱面包，还拿了两瓶水。

我懊丧地看着车远去："现在怎么办？"萨沙很委屈地说："我跑得很快了，你还说我……"然后装模作样地擤了两下鼻子。

"行了，"我恶心得脖子上起了鸡皮疙瘩，一把推开她，"下一班车在明天上午，那我们今晚上吃什么？怎么办？"

"这个。"她一边说一边把面包丢进我怀里。我真想踢她一脚，都是她害的，还在这儿一副事不关己的样子。

"那住哪儿呢？"我从牙缝里迸出这句话。

这时候杰克轻轻咳嗽了两下，我才反应过来，杰克一直在呢。萨沙似乎也反应过来，因为她指着杰克对我说："我们可以住杰克家啊！"并问杰克，"可以吗？"我懵化了，她怎么这么单纯呢？

杰克顿了顿，想了一下，坏笑着说："不去你们表姨母家了？还骗我，我早知道你们是撒谎的哦！""不过，"他又顿了顿，"如果你们帮我把羊赶回去的话，我想可以的呀，我这老胳膊老腿儿的没力气啦！"他一边笑一边摇摇头，让我想起一个童话故事里调皮老山精的样子。

这没问题，我从小就给我们那儿的牧场主放羊，这不是难事，算是我们捡了个大便宜。我和萨沙齐心协力，总算将羊群聚拢在一起，然后我们去杰克家。但显然那位弗拉克夫人（杰克的太太）不欢迎我们，瞧她的眉毛，都快拧成一个麻花了。她真不友善，看我们的目光就像是看鞋子上的恶心泥巴一样。我立刻翻了个大白眼，光凭这一点，我认为我们最好不要住在杰克家。

不过那几个小孩子倒挺喜欢我们，杰克说那是他的侄子、侄女们，比我们小不了多少。

我想，杰克的太太肯定不愿意杰克带两个身份不明的女孩回家，她和我见到的这个村里的大部分人一样，冷漠，无趣，毫无色彩。

在大多数时候，我认为我不是很在意别人的目光和看法，现在看来，这完全是大错特错。

孤立无援的滋味可真令人难受！

你想想吧，两个小丫头，离开熟悉的环境和人群，来到陌生的地方。在这儿，怎么会有人告诉她们什么时候该吃粥，什么时候该睡觉，钱该怎么花呢。

杰克家确实很好，舒适倒不假。他是个大好人，不仅让我们在他家住，还为我们提供了丰盛的晚餐。有鸡蛋、奶酪、羊肉和烤得滋滋作响的黄油果酱面包，还有一罐果汁。他本来是想让我们与他的家人一起吃晚餐的，但我们一看到他太太的表情就说不必了，我们在房间里吃。

那一晚，我吃了很久，吃得很饱，吃得也挺香。这些东西我几乎没吃过，因为它们贵得吓人，对于我们这种人来讲，能吃这么好的东西那简直是异想天开！

“这是我两个女儿小时候的房间，”杰克把我们拉到这里的时候说，“床单被子是旧的，你们不介意吧？”

我从来都没用过真正的床单和被子，何况现在是借住别人家，所以我们一点儿也不在乎。于是我们告诉他不介意。

“做个好梦，姑娘们！”他出去时这么说，他是笑着的。但在他关门的那一刹那，我分明听到了一声叹息。

一片寂静。

我以为萨沙睡着了，可她突然说：“你觉得我们来这里有错吗？”我看见她的眼睛里有迷茫。

“不知道，我们还有退路吗？”

……

然后我们就睡着了。

恍恍惚惚间，我又醒了一次。六边形的玻璃窗外，深蓝的天空上有繁星织成的花园，一闪一闪的，很朦胧。

第二天杰克送来了早饭，并让我们收拾东西。我对他说我们会尽快的，因为早上我打开窗户时听见弗拉克夫人满脸笑容地对一个戴着发网的女人说："那两个伊兰终于要走了，像过了一个世纪一样。"伊兰是脏兮兮的野孩子的意思。我随即告诉萨沙我们最好立刻就走，但她认为我们应该付杰克一些钱，并礼貌地向他们道别，否则那位太太会更瞧不起我们。

"她以为她是谁呀，不就一个满脑子是黄油的农场主老夫人嘛。"萨沙嗤之以鼻地说。

虽然弗拉克太太不怎么样，但她的先生却十分好——杰克执意不收我们的钱，他说："你们以后到陌生地方还得用呢！"

怪了，他怎么知道我们不是去什么表姨母家，但我并没有说破。

萨沙希望我们能向弗拉克太太道别，但我打定主意不再和她说话，于是萨沙便独自去了。

萨沙行了个优美的屈膝礼，笑盈盈地说："感谢您的招待，太太！现在我郑重地向您道别，并送上真诚的祝福。"

在我大感不解的时候，她顿了顿，冷若冰霜地接着说："祝你的房门前天天有老鼠跑来跑去！”

我惊诧地看着弗拉克夫人那愤怒却说不出一句话的脸，和萨沙拽起包扬长而去。

第八章

清早的薄雾还未散去，所有东西都模模糊糊的，像被牛奶浸泡过一样，一切都显得那么安静。所有迹象表明，在这个不知是礼拜几的早晨，没有什么特别的能发出很大响动的事情来吵醒这个基本沉睡的村庄。路上只有一些目光黯淡的人，这个村子很懒，一切显得那么无趣。两天过去了，我们没受到任何人的阻挠和拦截，真有这么顺利吗？我离开时没留下任何字条，妈妈居然不派人来找我，我真佩服妈妈。

今天村口又站了一些人。

有的精神抖擞地交谈着，大多数则靠或蹲在一边，半眯着眼打瞌睡，大概是他们不习惯起这么早吧。

我们走过去，加入他们当中。而且每过一段时间，就会有人疲惫地提着包走过来。心中难免有一种淡淡的失望。

我真希望赶紧结束这些。想想吧，一大堆人，像木头杆子一样

聚在一起，既不讲话也不动，多尴尬！

这种感觉真糟糕！人们都静静地看着某一处，但我总觉得他们在看我，空气是安静的。别看我，别看我……我在心里小声默念着，算是打发时间吧。

还好车来了，司机不是昨天那个“老大爷”，而是一个比较年轻的女人，有着栗色的头发。我在想昨天那个老司机是不是被我气出心绞痛来了，不过好像不大可能。

人们都使劲往车上挤，好像第一个上去就能怎么样似的。我和萨沙也被挤得分散开来，我们之间有一层厚厚的人墙。我觉得我就像个皮球一样被这个人挤过来，被那个人顶过去，在他们之间跌跌撞撞。我完全不用自己用力站着了，因为我在人缝之间被他们夹着而不会倒下。司机扯着嗓子让人们排队乘车，可无济于事。好不容易看见了萨沙，她已经被几个肥胖老头儿挤搡到车门那儿，她努力站住脚等我。我挥挥手示意她先上车买票。

我随着人流，来到台阶处，绊了一下，差点栽倒。这时，一双手扶住了我。我一看，是一个比我应该大一些的男孩，可能有十五岁吧，我还没来得及看他一眼，就上了车。

车厢里昏暗又肮脏，空气里弥漫着臭味和湿泥土的气息。我看见虎背熊腰的售票员手忙脚乱地给一个男人找零钱，车上大多是中年妇女和青年男子，也有一些老大爷。我急切地搜寻着，萨沙，你在哪儿？如果不买票，我可能会被赶下车。

刚刚扶我的少年神不知鬼不觉地“飘”到我跟前：“你找谁？”“嗯……我找我朋友，刚才谢谢了。”我不经意地说完，扫了他一眼，顿时瞪大了眼。

他的长相很怪，皮肤有点黑，又有些说不上来的白。我在脑子里仔细搜索这是什么颜色，嗯……黄色……对，就是黄色，或者说是浅色小麦的颜色，但这是什么鬼肤色？

他的五官和头发也很奇怪，眼睛是双眼皮，但比较小，瞳孔居然是黑色的，还有鼻子——怎么塌下去这么一段？他的头发既不是棕色也不是金色，竟然也是黑色。我从来没见过这样长的人。三个字来形容：太怪了。

在我惊讶不已时，男孩笑了笑清晰地说：“刚刚没事吧？”这让胡思乱想他是不是个外星人的我平静下来，我竟然能听懂他的话。

我支吾着：“没事，没事……”一边继续被半挤着向后走去，不过我感激地又看了他一眼，他刚才要不扶我的话，我就会被踩个正着。这时我突然觉得，他的长相只是略有不同，而且还挺好看的。

不过他又追上我，因为那个售票女人气势汹汹走来让我买票，我只能说我朋友一会帮我买。那少年说：“我帮她买。”那女人只好虎着脸作罢。

我说：“我会还你钱的。”我又觉得最好不要惹是生非，便没和他搭话。

他不在意地摆摆手，显然他关心的不是这个问题。他问我：“你叫什么？”

“乔西·巴克斯特。”我硬邦邦地说。有无数的人问我这个问题，我已经被问烦了，不过我注意到他不像其他乘客那么冷冰冰的。虽然我厌恶这种人，但我似乎也成了这种人。

还好他攻破了我这个把天聊死的胡同：“你不爱说话啊，那我介绍我自己好了，我叫呼延涵霖。”

我不太相信我的耳朵：“啊？这是什么名字？你姓什么？”“呼

延。”我觉得他的父母绝对是个不守常规的人，他不仅长得怪，名字也怪！

“你是地球人吗？”我小心地问出了我的问题。

呼延涵霖先是不解，随后笑出来：“是啊，你应该没见过我这种人，我来自中国，那是一个了不起的国家。”我从来没听过什么中国，那里难不成还有上国，下国？“那你们那儿的人都长你这样？”“哦，不完全是，我们都是黄皮肤黑眼睛，但相貌是不同的。”

我脑子里仍迷雾重重，我实在想不出来“相貌不同”是个什么样子。

萨沙不知从哪儿蹿出来，把我拽进稍后一排的座位上：“好不容易占到的位，你刚刚哪儿去了？”我气呼呼地说：“我还想问你这个问题呢！”

“那你买票了吗？”她眯起眼打量，我不知道该怎么解释。正巧那男孩来了，可怜兮兮地问我们：“我能站你们这里吗？其他座位都有人了。”萨沙不太欢迎陌生人：“你可以去前面走道上，那儿也全都是人。”不过她说话时眼睛瞪得溜圆，显然是被他与众不同的相貌惊到了。

我悄声告诉萨沙，他刚刚帮我买了票。另外，他是一个什么中国男孩。萨沙听到这话语气明显缓和不少：“那你站过来吧，这里毕竟人少些。”

呼延涵霖对我笑笑，说："谢啦。"

我告诉他因为他帮我买了票，我才去帮他，萨沙麻利地把买票的钱硬塞到他的口袋里了。

他说："没关系，一码是一码。"他一边打开他的双肩包，一边问："你们饿不饿？"我们说不饿，早上吃太多了，现在我们的肚子里装满了面包和奶酪。他掏出一个很大的盒子，打开一看，一大堆黏黏糊糊的什么东西。呼延涵霖热情地让我们吃一些。这玩意儿能吃吗？

"这是中国菜。"他信誓旦旦地说，"很美味的。"

“啊，”萨沙反感地盯着那盘菜，“我会在日记里这么写：今天我吃到了黏糊糊但美味无比的中式料理。”

好在呼延涵霖并没有在意，坚持让我们尝一些。我说：“好吧，我就信你一次。”其实我已经做好了吐出来的心理准备，估计鼻涕虫都比这东西好吃。

我用叉子叉起一块不知道是什么的东西，把进嘴里咀嚼。嗯……还行。哦，不是，是挺香的！“那这是什么？”我问他，答案令我出乎意料：“豆腐。”“你确定？”我问他。萨沙见我表情有点怪，也叉了一块放进嘴里。然后她抬起头，竭力语气平淡地说：“还可以。”但我觉得她在掩饰自己，不让呼延涵霖知道她认为豆腐是多么好吃。

呼延涵霖又拿出几个盒子递给我们，叫我们分别打开一个大盒子，然后递给我们两个小盒子，我瞅了一下，大盒子里又是一些花花绿绿的菜，小盒子里是米饭。他又一本正经地给我们介绍：“中国人的食物讲究‘色、香、味’一应俱全，家常菜这样才叫好，而且中西方的饮食文化是不同的，你们注重营养，我们不仅注重营养搭配，也非常注重形式。拿土豆举例，土豆可以做成土豆丝、土豆片、土豆条、土豆泥、土豆块，吃法上有炒、炸、煎、炖、蒸等好多种。”我和萨沙听得一知半解，其中家常菜、西方，还有炒什么的词语则完全不知是怎么回事，但从他的讲述中我感到这些应该不错，隐隐约约地，从对比中我发现面包是一种不怎么美味的食物，它一点味道也没有。

今天，我认识了一个奇妙男孩。

第九章

其实有的时候，我的心里还是充满了诗情画意的，比如当我靠在火车玻璃窗上听歌时，外头如果是被阴雨笼罩的连绵起伏的群山，那应该是很美妙的。

但现实却是一辆发出噪音的卡车，脏扑扑的窗子和千篇一律的草地。我轻轻地叹了一口气。

我开始厌恶车上暗无天日的生活了，虽然只过了半天。车厢里不仅吵闹，还不时地有人在过道上跑来跑去，期盼着哪里能像变戏法似的多出个位置。刚刚有一个老头疯癫癫跑来对呼延涵霖说，自己可以治他的肠胃不适， 想让他和自己换个位。不过呼延涵霖抽了抽嘴角：“抱歉！我的肠胃很好，不劳您费心。”

那个老头一脸不高兴地走开了，显然是因为呼延涵霖没让他治什么肠胃不适，他嘀咕着什么中耳炎仙丹金丹的。

呼延涵霖教我们一种纸牌游戏，和扑克不同，听说是他自己创造的，用来打发时间，现在正好可以玩。

呼延涵霖知道许多稀奇有趣的事，我们从来都没听说过。他讲了一个传说：

“从前有个猎人叫海力布，因为他经常帮助村民们，所以大家都喜欢他。一天他救了一只小白蛇，小白蛇的父亲龙王为感谢他，送给他一块含在嘴里便能听懂鸟兽说话的宝石，但听见的内容不可告诉给别人，否则就会变成一块大石头。后来，海力布从小鸟那儿得知今晚会发大洪水，所以他连忙跑来让乡亲们搬家，可大家都不信他。海力布为了救乡亲们，说出实情后变成了一块石头。于是大家都流着泪搬家，刚撤到安全地带，村庄就被洪水冲垮了。”呼延涵霖讲完望着我们，希望我们评价一下。

“让我告诉你怎么回事，”萨沙说，“海力布救了一群鸟，得了一个村庄，村民们只要碰一下他，就会变成大洪水。随后小白蛇踢着石头来吞掉了龙王，海力布也变成了洪水，冲掉了石头。”

我认为没有正常人会觉得她说得对，毕竟我就比较反感，我开始觉得萨沙对呼延涵霖有敌意……到后来我才觉得我是个傻子，怎么到现在才看出来。

气氛有一点尴尬，我不知道该说什么才好。不过呼延涵霖又说起了什么动物之类的，直到下一次萨沙对他发起挑衅。我发现他总是不在意，或者是不想在意。

不知不觉间就到了晚上，我一连打了几个大哈欠，呼延涵霖就识趣地不说话了，很快就找了一个空地坐着去了。这时外面和里面变得一片安静漆黑，很多人已经进入了睡眠状态。

我掖了掖衣服，把包袱往怀里塞了塞，又尽力地将身体蜷缩在一起，这样才能让自己暖和一些。

“问你一个问题，”在我快要睡着时，萨沙的声音响了起来，不带任何感情色彩，在安静的空气中显得很突兀。我睁开眼睛，刚好看见她并没有看我，而是盯着前方。

“能不能不要老是在别人很困的时候说话，”我迷糊地抱怨道，“有什么事明天说，巴克斯特小姐要歇息了。”

“你有没有想过那个男孩？”她没搭理我自顾自地说，“你不觉得他是有意接近我们的吗？万一他是个骗子呢？”见我没反应，她就一边摇我一边喊着：“喂，喂。”我索性把包裹往头上一蒙，但她反而喊得更来劲。

“两位在干什么？”呼延涵霖走过来问道。

“谈心，”萨沙恶声恶气地咆哮道，“不用你管，安心睡好觉吧！”好脾气的呼延涵霖又没说什么，但我想他可能有些不高兴了，脚步声也渐渐远去。

“看见没，”萨沙放低了声音，“他巴不得黏在你身上。”她有点厌恶地皱了皱鼻子，同时脸上也带着几分坏笑。

“什么意思？”我意识到了什么，不由得竖起耳朵听着。

“可以这么说——他爱上你了！”萨沙不怀好意地说，我还以为是多大的事。

“随你怎么说，”我满不在乎地打了个哈欠，“反正我们就是朋友。”

“你自己最清楚。”萨沙说完，闭上了眼睛。我才知道，她只是想开个玩笑，没什么重要的事，好在我已经习惯她这个样子了。

我轻轻闭上眼，静静地听着夹杂在哐当噪音中滴答滴答的雨声……

第十章

实际上我喜欢黑夜的环境，但讨厌黑夜的感觉。夜晚万籁俱寂的时候，我可以望着天上的星星好久好久，我睡觉时从来不背对门，因为我一直都觉得那样很没安全感，现在在这儿，我也选择坐在了里边，虽然很困，但我又睡不着了。我望向窗外，无数的星星、野草在我眼前闪过，现在精力充沛可不是好事儿，明天还要活力十足呢。我心里一边默念着：一只羊，两只羊，三只羊……当我第四次数到两百只羊的时候，还是毫无睡意。

我轻轻地将窗户开了个小缝，清新的晚风吹在我的脸上，也有几滴雨点儿落在我的头发上，我感到很舒服，就趴在窗台上，后来又觉得有些冷了，我就关上了窗户，缩回了脖子，嗯，这种感觉还真不赖。我昏昏沉沉半睡半醒，似乎觉得太阳从地平线上升起，树的轮廓越来越清晰。

我不想再睡下去了，反正也没有意义。我伸手拍了拍睡得正香

的萨沙，她拧了个身子，头转向了另一边又睡着了。我撇撇嘴，打开包袱找出一本没有封面的画册，我又靠着窗户边翻看。这是我以前摘醋栗时发现的，当时它上面沾满了水渍和泥浆。它很简单，大部分是图画，只有很少的文字，幸好当时我跟着邻居那个爷爷还有萨沙妈妈认识了好多字，不影响我翻看。里面仅有的人物都是手绘的，一共只有二十多页。但我已经很满足了，毕竟这是我为数不多的财产中的一个。画册的故事情节也很简单，一个普通的童话。但这一本书，我不知看了多少遍。村里人文化都不高，大部分孩子都不上学，一直帮家里干活儿。用大人的话说就是：学那又不能当饭吃，还不如回来做几块面包。但我知道确实可以当饭吃的，只是在我们村，吃得不怎么样。我确定所有孩子都想上学，对我们来讲做算术题要比拾鸡蛋轻松，戴着眼镜的女教师也比满脑肥油的农场主要和蔼许多。但有许多人是上不起学的——学费一年就要七十个索比，像我家就是这样，我又不禁想：现在我离开了，那小克或莱拉是不是就可以上学了？虽然我也想坐在课桌前，但一想到那只有一间土砖砌成的房子的学校，我身上就起了鸡皮疙瘩。

这车的终点站——也是我们想去那所学校的城市，听说不远了，由于我们付的车费是到终点站的，所以就不用费心看到哪一站了，只需要到终点下就行了，这在很大程度上帮了我们的忙。萨沙还没醒，我也懒得再叫她，我觉得这种宁静的感觉挺好。

清晨的露水打湿了窗户，有凉丝丝的微弱寒意。我从包袱里扯了块小线毯披在身上，考虑着以后的事：我们到了以后住在哪儿？怎么才能找到学校？又该怎么花销？还有没有机会去学习？种种都是问题。直到现在我才真正觉得迷茫又恐惧。早知道有这么多麻烦事，我绝对不会跑出来。独自在外，什么事都要靠自己，还得硬着头皮去想下一步该怎么做，关键是你也不知道这么干到底对不对，也没人帮助你，到底该怎么做，我又怎么知道。

慢慢地，车上的人不知什么时候走掉了大半，只剩下一部分人还在车上，不过他们也都纷纷开始整理打包行李，看样子是不久就到了。好极了，既然是在白天到达，那么我们可以有很长的时间来了解一下环境。但我觉得还是得赶紧收拾包袱。我不断地使劲晃着萨沙，好让她快点清醒一下，她又迷迷糊糊地把我的手挪开："干吗呀？"我将嘴凑到她耳边，用正常音量说："收拾你的东西，马上要到了！"她这下算是不打瞌睡了，呼地一下坐起来，烦躁地用手梳着鸟窝般炸毛的头发，抱怨道："哎呀……"我丢给她一把梳子，催促道："你牙疼啊？先把你那头杂草理一理。"萨沙噘了噘嘴，一边从包里拿出葡萄面包吃了起来，一边梳着头发，她大概是希望梳得顺畅一些，于是沾了一点唾液梳着。

都这个点了，也没见那个新朋友，他是不是昨天半夜就下车了？我猜测着。突然，他精神抖擞地走过来，打了个招呼："嗨，你们

都醒得挺早啊。”

他没下车，我说不清是高兴还是失望。萨沙走过来看到他时，显然也以为他早就下车了，或早忘了我们遇到过这个人，她瞪了瞪呼延涵霖的眼睛，嘴角抽了抽，然后昂着头走了过去。

萨沙阴着脸说：“居然和我们同时下车，能甩掉他吗？”我很奇怪，为什么萨沙这么厌恶呼延涵霖呢？但我只是觉得无聊罢了。

我反问她：“你前世和呼延涵霖有仇吗？你这么讨厌他？”

她的声音变小了许多："哦。"她的声音太小了，我把耳朵凑近她的嘴边，才听清她在说什么，"你会笑我的，所以我还是不说好了。"她越是神秘，我越是好奇，我又问了几次，她才一脸忧伤，委屈巴巴也说："我怕……"

"啥？"我一脸懵，"你怕什么？"

萨沙歪着头想了想，说："你会不会自己跟着他走？会不会和我绝交？"

"啊？"我很奇怪她为什么要问这个问题。不过萨沙"扑哧"一下又笑了，又摆着手说："没有没有。"

但我可是听明白了，她又在逗我。我翻了个白眼说："好玩吗？真不知道你的笑点在哪里。"她一边笑一边拍手说："我觉得很有意思啊！"我的东西已经收给好，于是坐到了一边，没理她。

当萨沙也收拾好时，我想坐在门口的座位，因为这样就不会坐过站。而萨沙坚持要坐原来的座位。

突然，无意识的，我才想起我们要坐到终点站，确实不会坐过站，也不会被司机赶下去。

第十一章

车上的人没有多少了，车像一只笨拙的大海龟，缓缓停下。人们动作统一地拎起箱子、袋子，争先恐后地冲向车门，好像再不走车就会爆炸似的。有的人表情呆板，有的人一脸茫然，有的人脸带笑容，有的人看起来十分奇怪。不管怎么样，他们就像倒出来的水一样分散向东西南北方向的各个地方。虽然没人知道他们要去哪儿、干什么，但他们都在奋力奔向属于自己的生活、道路，我们也一样。

下车的第一件事，我伸了个大大的懒腰，舒展筋骨，好长时间连动也没动几下，我感觉肌肉都缩为一团了。

我打量着这里，这就是城市啊！楼那么高，为什么塌不了呢？路怎么黑乎乎的，像被墨汁浇了一样。街上的人更多了，也更喧闹了。路边有许多树、草、花，都是被人精心修剪过的。我们混在形形色色的人群中，随心所欲地走着，因为我们也不知道自己想去哪儿。我想我们应该先去寻找美术学院，但我很快发现没那么好找，因为跟这个城市相比，它大概只占百分之零点几，或者可以用一个中国成语形容——沧海一粟。本来我以为，我们一下车就能看见它，不然走一会儿也能找见，但实际上我们已经走了大半天，累得够呛，却没有任何庞大而低矮的建筑出现在我们的视线当中。

我提议问路，这样总比像无头苍蝇一样嗡嗡乱飞好，但萨沙坚决不肯，她说我们可以买一张地图。这附近卖地图的不多，我们压根就买不到，萨沙为了找点面子回来，就说：

“还是慢慢找吧，这样有益于我们锻炼身体。”我们又开始走，直到肚子开始抗议起来。路边有随处可见的各类快餐店，我们走进其中的一家，要了两杯热牛奶，两个三明治和一小份薯条。我十分有远见地让萨沙不要吃完，而是留下半个三明治晚上吃，还有半份薯条，店里提供免费的方糖块和番茄酱包，我也拿了一些。

从店里出来后，我对萨沙说：

“我们可以先找个地方歇一会儿，等会儿再走。”不过她显然没理解我的意思，一下坐在了街边的长椅上。我的意思是，先解决晚上的住宿问题，然后把包扔那儿，再去探索这个城市。

萨沙想了想，说：“我们可以找个老奶奶，我们付给她钱，或者请她让我们在她家住一晚，你要知道，老太太一般都比较和蔼，并且心地善良。”

我立马摇摇头否决：“别傻了，哪个正常人会允许两个小孩子不明不白地住在她家？”我又瞥了她一眼：“何况是两个不知身份的小丫头。”

“那你说我们住哪儿？”萨沙泄气地问我，同时一脚踢在椅子上，痛得她倒抽一口气。

“不知道，”我耸耸肩肩，“先走一步看一步吧。”

前面是一个车站，不同的是，这里有好多不同的车，也没有汽油味和嘎吱声，一辆车靠站，有几个人从车上下来，其中一个人拖着大箱子，他似乎对这里十分熟悉，想都不带想地朝一条街走去。我从直觉上判断，他可能要去一个可以住宿的地方，我们也许能跟着去看看哪种地方可以住。我立即拉上萨沙，准备悄悄尾随。“那他如果是回自己家呢？”萨沙发出质疑。

“那也先看看再说，”我拽起她，“快走！”

那人轻车熟路地来到一个小门前，说是门，其实没有门板，他登上里面的木楼梯，既然是这样，那我认为大家都可随意进出，我们小心翼翼地上了楼。没一会儿我们就见到了一个大厅，有真皮沙发，还有豪华地板和水晶吊灯。几个穿有黑色制服的小姐，微笑地招待每一位客人，和我们杂货铺里整天坐在柜台后面嗑瓜子用吵架似的嗓门回应着那些被大人打发来买醋或酱油的孩子，到处传别人闲话的老板娘相比，她们既优雅又有礼貌，而且动作快如流水。我看着一位盘着头发的小姐接过刚刚那个人递过来的钱，轻轻在一个不知是什么的盘子上敲了几下，就递给他了一些零钱和一张巴掌大小的硬卡片，同时还柔声说道：“欢迎入住。”

我盯了那张卡好一会儿，也不知道它是干什么用的，而且那人也没问这是干什么用的，我有点疑惑，不过我很快想到，他经常见嘛，肯定不惊讶。我看见他走向一边，这时我才注意到两边有许多小门，看起来是一个个小房间，而且门上标有数字。他在一个数字为 014 的小房间门前停了下来，把那张卡往门把手上一放，神奇的事发生了：门“嘀——”地轻响一声，自动弹开。我难以置信地望着那张卡，这是什么东西？

这种神奇的装置，我从来都没见过，萨沙同时也拉住了我：“快看！”眼睛也瞪得溜圆。那些坐在沙发上的人看好戏似的嗤笑起来，随即又把鼻子和眼睛凑到了报纸和电视上。我在乎的不是这些，那些房间像是可以随便住的，但我们没有那张重要的卡。所以现在应该去找那些管事的人要一张。

我拉着萨沙向吧台走去，那位盘着头发的小姐看都没看我们一眼，而是眼睛向前看着，脸上保持着标准微笑。过了一会儿，她才注意到我们，一脸犹疑地问我：“就你一个人吗？”

“这是我听到最愚蠢的话，”我不以为然地说，“如果你坚持要忽略掉萨沙，那我也没办法。”

“哦，”她温柔地笑了，“你知道我指的是你父母，你走丢了吗？”我本来想撒一个高明的谎，但那位服务员深棕色的眼睛仿佛能看清我的想法，所以我只能说：“好吧，我不是和我父母在一起，我家也离这儿很远很远。”

“哦，亲爱的，我真不知道你在说什么，”她依然温柔地笑着，真是温和。“你有身份证吗？”

“身份证？”我疑惑地重复了一遍“虽然我不知道那是什么东西，但我十一年来没有它活得依然正常。”

“那我感到抱歉，孩子，”她用一只纤细但粗糙的手拍了拍我的肩，“你既没有身份证也没有监护人陪伴，按照规定你们无法办理住房登记，也就是不能在这里住下。”虽然她前面的几句话我压根就不知道是什么意思，但最后一句我还是听懂了。

我垂头丧气地说：“谢谢您，女士，祝您好运。”然后拉上萨沙准备离开这个高档的地方。

我们刚走了没几步，突然后面的女服务员又叫住了我们：“等一等，孩子们。”我们回了头，看见她向我们小跑过来。

她金色的高跟鞋踩在地上，发出嗒嗒的声音，我不知道她要干什么，只好一动不动地站在原地等她走近。

她到我们跟前，俯下身子对着我的耳朵说：“虽然你们不能住酒店，但你们如果实在无处可去的话，”我看见她眨了眨眼睛，“你们大概可以住在我家。”我抬起头，她可能以为我觉得这样又会违反什么乱七八糟的规定，又补了一句：“我觉得这样不犯什么法。”我不知道现在说什么合适，只是下意识也咕哝了一句：“谢谢。”而且声音很小并含混不清，也不晓得她听清了没。总之，她又对我温柔地笑笑，随后又走回柜台，脸上又有了那种标准微笑。在这一点上我真佩服她们，可以维持这样的笑容一天嘴角都不会抽搐。

我看向萨沙，她正巧也看向我，我们对视了一会儿，突然又默契地耸了耸肩，同时说：“我们运气可真是好，那就等着住她家吧。”

第十二章

我和萨沙一动不动地坐在大厅里那个玻璃鱼缸旁边的椅子上，双手搁在大腿上，眼睛盯着那些懒洋洋地游来游去的鱼儿们。我们一直保持着这个姿势，直到排在柜台前的“长龙”消失，天逐渐变得像一块黑乎乎的抹布一样，都没多大变化。

那位女服务员伸了个懒腰，用手拍拍嘴巴，走过来说：“带好你们的东西，姑娘们。”

萨沙站起来，将包一下甩到肩上，然后问：“姐姐叫什么名字？”

我看见女服务员尽管很想用严肃的口吻说话，但声音里还是有着一丝高兴的感觉：“我叫巴蒂·法辛音瑞。”

“那我们这样叫你好不好？巴蒂姐姐。”萨沙微笑着说。

“随便你。”巴蒂的声音虽然像冻住的海面一样平静，但听得出来她十分受用。

她耐着性子等我们站起来，我们才刚抬起一只脚，她就已经迫不及待地走出去好几步，我们只好小跑跟上。

天气已经比较凉了，我不由得加快脚步，路上行人也都来去匆匆，巴蒂在人群中属于那种相貌、身高和衣着都很普通的人，既平凡又善良。每天上班，吃饭，下班，睡觉，做着重复的事，过着平淡的生活。

虽然现在已经天黑，但闹市区的美好夜生活才刚开始。树上各种各样的彩灯，把街道照得如同白昼。路边的烧烤摊、炸串摊前凑满了人，空气里弥漫着啤酒的味道。幸好巴蒂没有住脚的意思，看来她的家不在这儿，不然我们可能要挪不动脚了。

又不知走了多久，行人变得稀少，夜色才真的显得苍茫起来。月亮安然地挂在天空，静静地端详着陆地，这是条安静的小巷。巴蒂很快走上一栋很矮的公寓的楼梯，我们紧随其后，我把所有的精力集中在双脚上，免得一下踩空。巴蒂家在 3 楼，60 多层台阶，我感觉像爬了一个世纪。

巴蒂从口袋里摸出钥匙，转动了门锁。房子里一片漆黑，她打开电灯，让我们换上拖鞋，可它们并不合适，我的特别小，萨沙的又太大。接着，我们打开了所有的灯。看得出巴蒂是个很有情调的人，她的阳台上有不少郁金香和吊兰，有的在飘窗上，有的摆在金丝花架上，也有一些挂在高处。那张小茶几上有一套精致的茶具，旁边有几个软垫子。上面有油画和艺术照，地板都是酒红色的木地板，墙壁不是奶黄色就是粉绿色。她家没有电视机，电视柜上有书，古风配饰，还有一缸金鱼。

不过现在可不暖和，比外面好不了多少，我一边想一边打哆嗦。

“别担心，一会儿就好了，”巴蒂风风火火地从房间的另一边走过来，手里提了一个不知是什么东西，它还带着长长的一根线，在我们惊诧之中，她迅速把线最那头插在了一个全是孔的板上，并扭头给我们说：“宝贝们，再耐心等一会儿，电暖气一会儿就热了，房间就会暖和起来。”

看着巴蒂将这么大的房子收拾得干净温馨，我又不禁想起我那个又破又小，永远如同猪圈一样的家，真是天壤之别。

我立刻又抛弃了这种想法，那个让我差点遗忘了的家，虽然太破，但毕竟也还是我的家。

“你一个人住吗？”我轻轻地问，向电暖气挪动我麻木的双脚。一丝暖流涌来，我坐了下来，挨在萨沙旁边。

“当然。”她随口说道。

“哇，”我发出一声羡慕的赞叹，“我自己的床只有这个阳台的一半儿，房间仅仅比阳台大一点儿，因为还有一张床，我妹妹会随时挤进来住。”

“没关系，”巴蒂拍着手笑着，“我保证你们今晚都有大面积的房间住。”她站起来，朝房子里面走去，我们跟在后面。

她走进一个稍小的房间，打开电灯，灯是月牙形。靠窗有一张双层床，上铺漆成了白色，下铺漆成了黄色。而且下铺的床头突出了一点儿，突出的部分放着一盏小台灯。不用说，一看就是一间儿童房。

巴蒂抱来一堆被子啊什么的，爬上爬下地为我们铺好床，甚至拿来了两张蚊帐挂在床边，对我们说：

“你们可以自己分配床铺。这个房间是我和我姐姐小时候的房间。我最近才打扫过一遍，不用担心上面有灰尘或者杂物。”

萨沙一直不怎么说话，这时她终于开了口：“我们该付给你多少钱？”

我当然懂她的意思，随即附和道：“她的意思是，我们不能白吃白住。”我一边说着，一边瞄向萨沙，她点了点头。

巴蒂微笑着摇摇头，制止了萨沙翻钱包的行为，她温柔地对我们说：“你们两个能有多少钱？我这儿不是客栈，不收费的。”她停下来，歪着头想了一会，“虽然我也不知道你们要去哪儿，来这儿干什么，但我这么做，是出于善意。你们特别像小时候我和我妹妹，只是我妹妹她现在已经到很远的地方生活。”她若有所思的又分别摸了摸我们的头。虽然我一向讨厌被人爱抚，但这会我却不怎么反感。我甚至从巴蒂身上看到了妈妈的影子——她几乎和妈妈一样令人感到亲切。她走出门时对我们眨了眨眼：“做个好梦。”然后轻轻地关上门。不过她很快又回来了一次，拿了两套宽松的衣服来，叫我们睡觉时换上再睡，这里的人讲究真多。

第十三章

我麻利地换上衣服，把外套扔在一边，快速地顺着梯子爬上床，哆哆嗦嗦地扯过被子，我一边吸溜吸溜地倒抽冷气，一边把被子边角压实，以防冷气漏进来，然后把头和整个身子全部缩进了被窝里。过了一会，我的四周变得暖呼呼了，不知不觉间睡着了……突然间，我觉得有些闷，才知是被子里的空气变得太稀薄了，索性把头往出一伸，吸入一大口新鲜空气，但我发现电灯没关，我觉得是萨沙忘了关灯，就翻了个身，轻声说道：

“萨沙，把灯关一下。”

无人回应。

我以为是我声音不够大，就把音量提高了些：“萨沙？萨沙！”还是听不见她回应。我疑惑，她是听见了故意不理我，还是睡得太沉？不管怎么说，不关灯我一定睡不着。我披上一条毯子，准备自己下去关灯。萨沙也真是，还非得我下去一趟，懒得不止一点。我一边想，一边爬下床。然而，下铺的床上空空如也，只有被子盖过的痕迹，而现在房间里除了我，连个鬼都没有。

她可能是去上厕所了。我关上灯，但我想到另一个问题：灯开着，她明显就是在我爬上床准备睡觉时出去的，都这么久了，她怎么还没回来？想到这里，我不禁冷汗直冒，连忙冲出房门。外面漆黑一片，我又去卫生间看了一下，空无一人。我又吓得跑出来，大门敞开着，但房子里仍然还很暖和，这说明萨沙或许出去了，而且刚离开没多久。

我不知道现在该怎么办，是应该自己先去找她还是先去叫巴蒂。我怕自己去的话搞不好会走丢，又怕先叫巴蒂会耽误时间。我权衡了一下，还是先去敲了巴蒂的房门，我总不能走丢了。

还没等巴蒂说“请进”，我就迫不及待地拧开门把手，冲了进去。

巴蒂已经坐了起来，她桌子上的台灯开着，不过我感觉她的样子变了，有点儿陌生，我来不及多想，直接冲过去就抓住她的手腕想把她拽下来，她这时还很迷糊，几乎是跌下来，然后揉着眼睛问：

“怎么了？有什么事吗？”

“是萨沙，她不见了！”我简明扼要地说，急得直跺脚，就要拉着巴蒂去找萨沙。

巴蒂很快就搞清楚发生了什么，她飞快地将脚塞进鞋子里，不用我催，她就抓起钥匙拉着我，急忙找萨沙去了。

我跑出门，巴蒂随后，她出来后连头也没回，直接用鞋尖向后踢了一下门，门还没关上呢，她就三步并作两步地跑到了缓步台。

我一声不吭地跟着她走在楼梯上，我整个身子趴在光滑的扶手上，哧溜哧溜地从上往下，快速地滑去。走过了一个又一个拐弯处，终于到了楼下。深蓝的天空群星璀璨，它们像一眨一眨的眼睛一样，似乎在看好戏。我毫无意义地朝它们扔了块石头。

巴蒂说："她会不会被绑架了？"

我想了想，点点头，然后又摇摇头："不大可能，毕竟她又没什么值钱物品，而且我什么响声都没听见，你也是，对吧？"在得到她的肯定答复后，我满意地点点头。但谁又会半夜三更地跑到大街上呢，而且天气又这么冷。

"反正就这一条路，咱们就直接顺着这边找吧。"我果断地说。

巴蒂却在原地没动，皱了皱眉，然后恍然大悟地说："我大概知道她为什么跑出来了，她肯定没走远。"说完，她就拽着我一路狂奔。

快走到路的尽头时，我们看见了一个人。那个女孩十分蓬松的长发被风吹得一会往这边飘一会往那边飘，她的步伐既轻飘飘又没有准头，她身上的白裙子我记得很清，巴蒂拿的两件睡衣里有它。我追上去一看，果然是萨沙。只是她的神态和姿势都很诡异，她的眼睛半闭着，但她却一直在行走，并时走时停，她脸上的表情是一脸疑惑，也有几分期许。巴蒂示意我先不要动她，于是我们就默默地跟在她后面，时走时停。

一小会儿后，我突然意识到如果被人看见我们的话，该有多可笑。

萨沙迷迷糊糊穿过一条街，拐了个弯，走进一条比较宽敞的巷子后，停住了。随后打了个激灵，环顾四周，问出一句话：“我在哪儿啊？”

这可把我惊了一下，我上前摸了摸她的额头，又摸了摸我的：“你大半夜跑出去，自己都不知道。是不是发烧了，所以脑子不太清楚？”

“我清楚地知道我的脑子和身体都没有任何问题，”萨沙没好气地说，甩开我的手，“把你的手拿走，谢谢。”

巴蒂做了个手势，让我不要继续和萨沙争执，她问萨沙：“你会梦游？”

“啥？”萨沙一脸无知地看着她，我也不知道什么是“梦游”，但总不可能是在梦里游泳吧。

巴蒂立刻换了个说法：“这么说吧，你今晚有没有梦到什么？”

“有啊，”萨沙这次倒爽快地回答起来，“呃，我睡着了后感觉有个人拉着我出去了，但我没感觉有人拽着我。有个声音说，他要带我去那个我想去的地方，他刚刚说到了，我就醒了。”她一口气说完，然后耸了耸肩，表示自己也不知道怎么回事。

“对了，”巴蒂活动了一下她的脖子，“还没来得及问你们，你们是想去哪儿啊？”

这次我做了回答：“纽苏兰，那个艺术院校。”

没想到巴蒂听了后反而哈哈大笑，笑完后说：“丫头们，告诉你们三件事。一、纽苏兰不在这边；二、纽苏兰是成人才能进的学校；三、进专业学校，是要参加考试，还要拿什么专业资格证、准考证之类的一大堆东西，你们压根不可能进去。”

这话对于本来就没什么信心的我来说，相当于一盆凉水泼来，我被淋个湿透，心拔凉拔凉的。仅存的那一点梦想也立刻灰飞烟灭了。

巴蒂大概也是看出了我心里的绝望，就安慰我说："别难过，离这儿不远有一所少儿版的纽苏兰。" "纽苏兰？"我又重新抬起了头。巴蒂继续说道："名叫阿萨穆德朗，很多纽苏兰的学生都是从那里出来的。我想，你们可以去那里。"

巴蒂短短的几句话，使我的心死灰复燃。

萨沙在一旁叽叽咕咕地自言自语，也不知道她在说什么，我只听到了"厉害""正好"等几个词语，大概是在说自己真厉害，歪打正着之类的话吧。

第十四章

我们回去的时候，已经很晚很晚了，我甚至看到，启明星都升起来了。我的腿像煮过的面条一样，软绵绵的没有一丝力气。脑袋也昏沉沉的，就像灌满了铅。我几乎是全身麻木地走回去，晕乎乎的，眼睛也半闭着。意识逐渐模糊的我跌跌撞撞地爬上楼梯，听到救命提示音：钥匙转动门锁时各个挂饰撞击的声音。

我耗尽最后一些力气走进房间，踢掉鞋子，爬上上铺，直接倒在床上，我感到双腿已经不在我的身体上了。一阵阵疲劳和舒适向我袭来，形成浓浓的困意，我忍不住打了个巨大的哈欠，迷迷糊糊中，我听见萨沙为防止自己再次跑出去，正在要求把房门反锁上。

巴蒂说这样也可以，但必须将窗户打开。

萨沙不愿意。我知道她不喜欢外面传来一丝声音，尤其是在她睡觉时，这样会干扰她休息。

第二天当我醒来时，太阳升得老高，从街上隐隐约约地传来叮叮咣咣的响声，我还是很困，于是又钻回被窝去打算再睡一会儿。我在柔软的被子里翻来覆去，反而越来越精神，毫无睡意了，索性一下坐起来，猛地一掀被子，又是一股冷气扑来，外面果然不好受。

我哆哆嗦嗦地走到厨房，发现那里的门窗因为关着，反而很暖和很舒服，和卧室简直就是两个世界。巴蒂在灶台前忙碌，令我挺意外的，巴蒂今天不上班吗？巴蒂好像一直不知道我站在这儿，因为她快速转身时，才看见我怯怯地靠着门框，一只腿不知所措地蹭着门。

她看见我显然很高兴："亲爱的，我没看见你，不过你终于醒了，真令人心情舒畅。"然后她再没说什么，我也只能尴尬地站在门边。就在我觉得快要窒息时，巴蒂没话找话地命令我："你去看看萨沙醒了没。"

"好。"我连忙答应，走向卧室，或者说，逃向卧室。虽然巴蒂要比杰克好一些——我的意思是比较而言，和巴蒂相处我感到更舒畅一点儿，但也无法让我感到自在，可能是由于我本就不懂得如何与别人相处。也不知道我是怎么交到朋友的。说实话，我在熟悉的环境中也不一定放得开，比如说在村子里。

我尽量放慢脚步，一点一点地挪动着。我打开房间门，深吸了一口气，感觉舒服多了，被空气碾压的感觉也没了。我抬头望了一眼床上，萨沙果然还在呼呼大睡。

真是干啥啥不行，睡觉第一名。我一边想一边深深地叹了口气，走上前去伸手使劲拍拍她：“快起床了！”

萨沙甩甩头，就像在驱赶一只讨厌的苍蝇一样。

这个时候我不得不使用武力，强行把她从床上拖下来，推到卫生间里，按照巴蒂的吩咐，郑重地将新的牙杯、牙刷和毛巾递给她，告诉她如何刷牙洗脸，因为在村子里几乎没人刷牙， 她们也从来不知道有个词叫香皂，便利店里也永远不会进一种叫“洗发水”的货。

这就是人与人的差别。有的富有，有的贫穷；有的住在大城市；有的住在小乡村；有的知书达礼，有的愚昧无知。我和萨沙属于后者。

我的肚子已经咕咕叫了，可萨沙还在慢吞吞地擦着脸，眼睛也还闭着。我不耐烦地想出去吃饭了，但我很快又想起了那种可怕的安静。我已经走到门厅了，也不好回去，只好硬着头皮在巴蒂的注目下走过来，她已经端了一个被烤得焦黄蓬松的蛋糕出来，上面还有用彩色奶油挤出来的花。桌上还有其他好吃的，有黄油面包、奶酪、薯条、果酱和蜂蜜牛奶。

我小心翼翼地把椅子拉到一边，忍受着它与地面摩擦的刺耳声音：“你天天都吃蛋糕吗？”

“不，”巴蒂举着叉子过来，把它们都放在纸巾上，“要不然我早都胖得不成样了。”她变戏法地拿出一包很细很小的蜡烛，而且它们还有漂亮的花纹，这和普通的蜡烛不一样。然后她把它们插成“30”的形状，又用火柴点燃，一口气吹灭了它们。“今天是我生日，我给自己庆祝一下。”她笑着说，之后动手把蛋糕切成了四块，装在纸盘子里。

“是这样啊”，我心不在焉地玩着叉子说，“生日快乐。”

“谢谢，亲爱的。”她一边很有礼貌地回应着我，一边递给我一块蛋糕。巴蒂只比我大十几岁，但她给我的感觉就像一个小妈妈一样，特别温柔，而且细心。

蛋糕上有很多水果，我只能叫出一两种水果的名字，大部分我都没见过，我转动着盘子，想找一个我喜欢吃的地方下口。我找到一种深蓝的，小巧玲珑的，有点晶莹剔透的水果，巴蒂说那是蓝梅，我觉得这可能是世界上最好吃的水果。我慢慢地将它叉起来，放入嘴里品味着那股甜味。

萨沙终于慢吞吞地走了过来，我坐的是一张长条凳，于是立刻往一边挪了挪，腾出空来让她坐下。

巴蒂一言不发地吃着早饭，我们也为了能早点离开而低头快速地咬面包，喝果汁。

“呃，我一会儿就去上班了，如果你们想出去一定记得关好门，要找我就问别人希爱黎酒店在哪儿就可以。”巴蒂看起来有些不太放心，又补了一句，“尽量不要走太远。”我在一旁嗯嗯啊啊地回答着。巴蒂很快吃完了饭，提着她的包就出门上班了。

就这样，我们在巴蒂家过了几天不愁吃不愁穿还不用干活的神仙般快乐的日子，对附近也略熟悉了一些。

有一天，我们从她的书架上翻出一张这个城市的地图——真是庆幸萨沙的妈妈是老师，什么都给她的孩子讲，看地图这事根本难不倒萨沙！我一边吃一边和萨沙商量着应该想办法去找那所学校先侦察侦察情况再做下一步打算。我们从上面看到阿萨穆德朗离巴蒂的家隔了三条街多一点儿，而巴蒂工作的酒店离这儿有五条街远，它们所在的街道分别是彬斯大道和维宾姆大道。萨沙计算了一下时间，我们到彬斯大道差不多需要十五分钟，再到维宾姆大道则差不多要用四十分钟，她觉得差不多了就要出门。我连忙拉住她，还得再好好规划一下，毕竟我们对这里并不完全熟悉。

我们拿着地图走在路上， 晚上路边亮着的霓虹灯灭了。我们凭借着记忆和地图一路走一路认，发现其实每个路口和拐弯处都有一个标志性建筑，所以路很好记。我们又在走过的区域多转了一会儿，记住了这些路，只是我们的方向感实在太差，本来十五分钟的路程，我们却走了半个小时。

到了阿萨穆德朗的大门前，我们在空地上矗立了很久。结果那个坐在大门旁边小房间里的老大爷一脸怀疑地看着我们，我赶紧拉着萨沙走到他看不见的区域。

我为难地说：“看见没，那些学生要么在上课要么已经放假了，那个老头儿凶得和豹子一样。”

萨沙听了后笑起来，然后又装模作样地叹了口气：“唉，没救了，幸好我是这么的有智慧。”

我仍傻里傻气地问：“怎么进去啊？”

萨沙一手叉腰，一手戳了一下我的脑门：“你是用边角料组成的吧你。你难道不知道这世上有个地方叫‘后门’吗？”说完还摇了摇头表示无奈。

我拍了拍脑门，和萨沙从另一个方向绕到了学校后面。后门是一扇铁栏杆门，上面藤蔓缠绕，杂草丛生，所以没有恐怖老头看守。

萨沙挥了挥手：“翻墙过去。”

“不好吧。”我有点顾虑。

“有什么不好啊，咱们又不抢不盗的，怕什么啊。”萨沙不屑地翻了个白眼。说干就干，她立刻从旁边的墙角搬来几块砖放在围墙边上，准备抓着栏杆翻过去。其实她的身手还是很不错的。

但是我制止了她，因为我们不用翻墙了——我无意间瞄到一把钥匙挂在门里边的钩子上。

第十五章

我走到高大的树丛里，挑了一根长度很合适的树枝。一脚将它挑了起来，用它伸过铁门缝隙，把钥匙挑到了地上，再一点点拨过来。最后，萨沙一把抄起钥匙，插入门锁里轻转起来。门咯吱一声轻响，开了！

我们这时候反而缩手缩脚，互相推搡着进了门。这儿好像是个废旧的小院子，在不远处有扇门，应该是通往前面教学楼的。所以我理所应当地走过去，推了一下门，门咔嗒一下就弹开了。映入眼帘的是一个较暗的走廊，不算很长但是很宽，两边密密麻麻地停着自行车。

前面有光透进来，看样子是出口，我们一前一后地蹿了出去。

只有亲眼看到，我才知道这艺术学校是什么样的，其实也没我想象的那么大，那么夸张，甚至还有些寒碜。而且这些建筑的颜色也可以称为“新颖别致”。它们给我的感觉就像是先把水舀到桶里，再把不同的颜料挤兑在水里搅一下，又不让颜色完全混合在一起，然后简单地往楼的表面一泼，最后浇上胶水定型。简直惨不忍睹。

萨沙的面孔忍不住抽搐了两下，想了半天才说：“呃……这个颜色……真的好……奔放。”最后两个字她说得很小声，但我还是听到了，她既像在自言自语，又像在说给我听。

我们不敢走到大路上，怕那个老头儿发现我们。于是我忍着那些恶心的湿泥浆和钻来钻去的蚯蚓，弯着腰闪身钻到了两排树和冬青灌木丛之间。这些树枝繁叶茂，灌木丛也很高大，没人能看出来有两个人站在里面。我们睁大眼睛看着地上的枯叶，随便踩一下都会发出脆响，所以必须把它们拨到一边去，才可以放心大胆地走。

这一排树木一直伸到那些花里胡哨的教学楼旁边的楼梯。趁着周围没有人，我们顺着楼梯溜了上去，来到二楼。我随便趴在一个教室的窗台上。教室人不算多，那些学生看起来差不多和我一样大，所有人都围在一个石膏体旁边，手里拿着很大的画板。

我这样趴在那儿看了好一会儿，心想着我要是也能坐在里边该多好。这时候一个一直东张西望的女孩看到了我，嘴角勾起一抹轻蔑的笑，然后毫不顾忌地和她旁边的人对我指指点点起来，一看就知道在说我是什么土包子之类的话。我不愿多留，扭头就走，教室里立刻爆发出一阵阵笑声，是那个骄傲得跟个公主似的女孩带头嘲笑我，并肆无忌惮地冲我翻着白眼，敲玻璃。

我小声说："我们走。"一转头，萨沙不见了，我在附近的走廊上跑前跑后地找了几遍，没有任何结果。

一些尖酸刻薄的女孩们挤在门口和窗户边看热闹，笑得更大声了。我担心她们的声音会把其他教室的老师招来，就先暂时退到了楼梯拐角处，事实证明，我很有先见之明。也就过了几秒钟，一个瘦高的女人从走廊的另一头走过来。一个女孩小声叫道："玛丽小姐来了！"其他人一哄而散，用光速回到原来的位子上继续画她们的画。想必这位老师很有威信。

我注视着她走进教室，然后教室里便传来一声怒吼。我侧耳倾听，发现她在训斥那些女孩，我突然有了一丝幸灾乐祸的感觉。

萨沙也真是人才，就这么一转眼的工夫，她又不见了，当务之急是找到萨沙。我就不信这么一小会儿她能去哪。说真的，她这么大的人了，一点儿心也没长。

我觉得她可能上楼了，因为楼上我们还没去过。于是我又跑到上一层，把走廊找了个遍。又来到顶层找，也一无所获。

在走廊的左侧拐角还有一条走道，它的下方是悬空的，通往对面的楼。有人在上面吹口哨，我眼睛一亮：吹口哨是我和萨沙约好的呼叫方式。我一边回应着，一边跑去。

我跑了一会儿，见到了萨沙。她有些害怕地跟在一群身穿黑色长袍的人后面，其中有男人也有女人，他们表情严肃。

萨沙看见我了，她使劲地向我挥手，又指指那些人，又摆摆手，他们要把她带到哪里去？形势容不得我多想，我直接猛扑了过去，紧紧地拉住萨沙的手，转头问他们：“你们要把她带到哪里去？”

他们被我吓了一跳，然后用一种让人感到极不自在的眼神盯着我，我也不甘示弱地瞪着他们。一些学生涌出来，想看好戏，却被几个男人赶了回去。

其实此刻的我还一头雾水，不知道怎么回事。难道他们是因为我们私自闯入学校而要惩罚我们？也不像啊，他们一副深恶痛绝的样子，不至于吧。

我不轻不重地踢了一下萨沙的脚："你干了什么？老实交代。"

没想到她一点儿也不买我的账，气呼呼地还了我一下才罢休："这也是我想问的事！"

"还有同伙，"我抬头望去，一个块头很大，但很漂亮的女人在说话，她像是这群人的头领，"你干了什么你最清楚，还需要我多费口舌吗？"

"我没有。"萨沙平静地说，但眼睛里有一股怒火。

我可是越发迷糊了，她们像是在打哑谜一样。

"哦，看来你可爱的小伙伴还不知道呢，快说你干了什么好事。"那位女士阴险地笑着。

"什么好事？"我紧张地重复着。今天真是无比糟糕，先是被一大堆讨厌的女孩嘲笑，然后萨沙突然就不见了，接下来我就遇到了一些对我们怒气冲冲而且奇奇怪怪的人。

萨沙满腹牢骚地向我讲述了经过：其实她没有和我一起待在二楼，而是自己先跑去了三楼。在缓步台那儿看见了一个小包，她以为是有人无意间弄掉的，于是四周看了看，发现周围并没有人。她想先去找找小包的主人，就把小包先塞进了口袋。这时候从拐角处钻出来一个女人，不由分说地把她拉走，还说什么萨沙偷了她的钱包。

“真的，我没偷！”萨沙跺着脚，一副要气哭的样子。

“你还狡辩！”一个又瘦又矮的女人站出来，一手指着萨沙的鼻尖，棕色的眼睛里燃烧着怒火，“我亲眼看到的，有错吗？”

“你说你没偷，那谁看见了吗？你们看见她没偷吗？”她一边说一边看向她两边的人，得到否定回答后她双手叉腰，一副武断的样子：“你在侮辱我们的智商吗？”我担心地看着萨沙，她紧咬着嘴唇，手紧紧地攥着，冷冰冰地看着那个女人。

“我们会送你到校长那里，孩子，”那个高高壮壮的女人说话了，“我们绝不能容忍这种事发生，我们必须将你开除，这是为了大家好。”她自顾自地说，我却瞪大了眼睛，她说得完全不对，我们连学生也不算。

我刚想和他们争论，却看见萨沙对我使了个眼色，叫我闭嘴。我不知道她什么意思，但还是不说话了。我收起架势，呼出一口气。

女人见我们都没再说话，便满意地说：“跟我走。”然后用威严的目光扫视了一下我们，转过身去双手交叉放着，大步流星地走了。

我们忐忑不安地跟在她后面。我们偷偷来到这里本打算探个究竟，现在却惹了一大堆麻烦，更别提以后想在这里上学的事了。

那群人把我们带到一个华丽的办公室里，那个大大的皮椅上坐着一个精神十足的女人，她用犀利的眼神看着我们。其他人都朝她鞠了躬，想必就是那位女校长。

她笑呵呵地从椅子上站起来，伸出双手：“上午好啊，我亲爱的年级主任。发生什么事了吗？”

大块头女人冷着脸走到她的身边，俯下身子嘀咕了几句，女校长脸上的笑容越来越少了。最后她站起来，面带愠色地说：“姑娘们，你们的行为已经触犯了学校校规第四条，所以你们必须被开除，不得入校。”

我不清楚现在应该说什么，是应该坦白还是保持沉默。我看了看萨沙，只见她闭着眼好一会儿，嘴动了动，并示意我一起告诉他们，我们压根不是这里的学生，而是普通女孩而已。

“我……”我正准备说话，注意力就被一个突然进来的人转移了。这是一个老太太，满头银发却精力充沛。衣摆上沾满颜料，胸前还挂着一副大得吓人的珍珠眼镜。

我惊讶得嘴都合不上了：“怀……怀特夫人？”

她彬彬有礼地给我打了个招呼：“嗨，姑娘。”

我更加困惑了，怀特夫人为什么会在这里？她到底是什么身份？她是来干什么的？

我目瞪口呆地看着她，她微微一笑，从一个袋子里掏出一个屏幕，递给女校长：“温迪，你不介意的话，我需要你看一下监控录像。”

温迪校长接过那个小屏幕，认真地看了起来。怀特夫人则转过身，对着那些老师说："录像显示，这个女孩先是大声地问了两遍'谁的东西掉了？'，然后又在附近找了一会儿，才将小包放进兜里准备继续寻找它的主人。"这时候萨沙眼里充满了感激。"你们凭借什么说她偷了东西呢？"怀特夫人义正词严地说，那群人沉默了。

接着，怀特夫人转向温迪校长："校长，这两个女孩都是我的远房孙女，"我吃惊地看着她，不明白她为什么要这么说。"我本来是来带她们报名的，但一不小心她们就跑丢了。"

温迪校长走过来，看了看我们，然后问："她们长得不像呀？"

"表姐妹。"怀特夫人轻描淡写地回答道。

"那怎么从来没听你说过？"温迪校长不依不饶地问。

"老家那边的。"怀特夫人漫不经心地抠着一块结块的颜料，不耐烦地继续回答着，又瞟了我们一眼。

温迪校长看起来并不完全信，她是个疑心很重的女人。她盯着怀特夫人的脸，想找出一些破绽。怀特夫人毫不退缩地回盯着她，目光很平静。

终于，温迪校长松了口气，目光移向了别处："好吧，你可以带她们去新生报到处。"

"有劳了。"怀特夫人微微点头，转过身去，我们对视了一下，立即跟了上去。黑袍人群自动闪开一条道，怀特夫人则看都没看他们一眼，昂着头便走了。我更好奇了，这怀特夫人到底是何方神圣？

连校长都不怕，她难道比校长的官更大？不可能吧？

她带着我们走出办公室，我便停了下来，问她："怀特夫人，您怎么在这啊？您又是什么人啊？为什么出手帮我们呢？"

面对我连珠放炮般的提问，怀特夫人一点儿也不急，慢悠悠地问道："今天我看到你，我觉得你肯定是想来这里上学的，对吧？我是阿萨穆德朗的副校长，我肯定会在这里。"她冲着我眨着眼睛，微笑着，还是一如既往的慈祥。

所有的问题都解决了，怪不得那些黑袍人都对她那么恭敬。

"你是叫乔西·巴克斯特？"

"是的，夫人。"

"哦，"她点点头，看着萨沙问，"我还不知道你是谁。孩子，你可以做个自我介绍吗？"

"嗯？"突然被点到名的萨沙从发呆状态清醒过来，"我是萨沙·费诺，很高兴认识您，夫人。"

怀特夫人很有礼貌地伸出一只手，与萨沙的手握了握。

我们疾步走去，怀特夫人给我们解释道："如果你们入校，可以减几乎一半的学费，而且可以住校……我观察过，乔西很有天赋……还是我之前那句话，只要加以学习，以后必成大器。"

听到这儿，我不禁脸稍微地红了一下，我不太喜欢听别人夸我。

过了一会儿，她将两张入学证明书交到我们手里："现在有一个刚开学没几天的新班，你们可以去那个班，以后再补几节课就好。费用我已经帮你们付过了，不用担心了，你们可以走了。”

“啊？”我很意外，“那今天我们不用上课吗？”

“今天不行，”怀特夫人挽起袖子，看了看表，“他们课快上完了。”

“再见，夫人！”我愉快地说，“祝您开心！”然后我们就高兴地拉着手，跑出了学校大门。

我们根本没想到，今天竟然会发生如此神奇的事情，竟然会碰到怀特夫人！怀特夫人竟然是这家学校的副校长！！怀特夫人竟然为我们垫付了一学期的所有费用！！！我们难以置信地互相掐了下脸，的确很疼！这些竟然是真的！

我们跑向车站，想要坐一辆公共汽车去希爱黎酒店找巴蒂，想第一时间告诉她这难以想象的好消息。但是站牌上写着一堆数字和文字，我们根本看不懂，例如“63 路车开往火车站”或“142 路车终点站爱因华街”之类的话，尽管我们认识的字还不算少。

我们窘迫地站在站牌底下，路人都奇怪地看着我们，因为我们既不上车，也不离开。

过了一会儿，我的腿又酸又麻又没力气，于是揉着脚腕蹲下来。萨沙仿佛下定了很大决心似的，突然跳出去拽住一个路人的袖子：“请问希爱黎酒店在哪里？我可以坐哪一路车？”

那人吓了一跳，毕竟哪有人是这么问路的！

不过他回过神后就详细地告诉了我们。

我们坐 482 路车来到希爱黎酒店站。

第十六章

巴蒂将我们迎进员工休息室里，拉着我们坐下，我们迫不及待地把今天的奇遇一字不落地全部讲给了巴蒂。

“巴蒂姐姐，怀特夫人帮我们办理了入学及住校手续。今天就可以搬去学校里，明天就能上课了。”

巴蒂的笑容稍减弱了一点，然后又增强了，或者说，她的面部表情不知道该怎么管理。

我看得出来，她也许舍不得我们离开呢。

然后我们表示，现在就回去拿行李，怀特夫人在学校里等我们，而且邀请我们去吃饭。我们很感谢巴蒂的热情招待。

“需要我帮忙吗，甜心？”巴蒂贴心地问。

我们说不用。巴蒂说现在是员工的午休时间，可以带我们回去。我们穿过马路，跳上了一辆车子。

车子平稳地停在了小巷口，我们咚咚咚地跑上楼。巴蒂的钥匙响过了一串“交响乐”，门吱嘎一声开了。我们很快就提着行李下来了。

巴蒂将我们送到车站，笑着说：“再见，这两天我很高兴，以后要常回来玩。”

我们同样拥抱了她，并对她致以祝福和感谢。

我们下了车，来到学校门口。这次我们可以光明正大地进去了，怀特夫人在等着我们呢！

怀特夫人笑眯眯地把我们迎进学校食堂，那里的学生都乱哄哄地夹菜，早上那个嘲笑我的女孩此刻正皱着眉毛坐在一个最干净的地方，她仍然骄傲得跟个公主一样。我没理会她向我投来的愤怒和嫌弃。顺便说一下，我看到她胸前的名片卡牌上写着：普莱娅·比思吉特。

不得不说，学校里的菜搭配得很好，最重要的，还是免费的。

可是萨沙悄悄告诉我，我们的费用都是怀特夫人出的。

饭厅里的学生逐渐散去，怀特夫人告诉我，这是一所几乎封闭的学校，大多数学生都住校。现在是下午六点半，学生们都要回去做作业，在晚上八点时可以到操场上活动一个半小时。然后有半小时的洗澡和洗衣服时间，十点会准时吹熄灯号。早上七点上操，八点半上课，中午十一点半午餐，十二点至下午一点午休，其余八小时上课。

我们听了后一言不发，这学校的规矩真多，时间也安排得这么紧张，就像催命似的。

“夫人，请问我们需要跟别的学生住一间宿舍吗？”萨沙问。

“嗯，”怀特夫人点头，“四个学生一间宿舍，现在刚好有一间宿舍只有两个女孩儿，是普莱娅·比思吉特和……”

我大叫道：“不要，夫人！我们能不和普莱娅住一起吗？”

怀特夫人有些为难：“其他宿舍都满了，只有宿舍楼二楼走廊尽头有一间空的双人间……”此话一出，我欣喜若狂：“好好好，怀特夫人，我们就住那儿！没有关系的！没问题！”

怀特夫人还是有点犹豫：“那你们也是在普莱娅隔壁呀。而且那个房间很小的，对面还是水房，老有工人吭哧吭哧地上下楼。”

“没关系，”我连忙摆摆手，“我们可以的。”住在普莱娅那个宿舍，还不如我们自己忍受一下噪音。

怀特夫人拗不过我们，最终同意我们去那里住。

我们高兴地将行李箱（怀特夫人送的）搬进来，一脚踢到角落里。这个房间里有一张双层的木质架子床，靠窗放着。靠墙的那边有一片空地，角落里则有一张小的桌子和两个软垫。床右边有一个衣架子，旁边摆着两双拖鞋和两件浴袍，墙上还挂着插花，镜子下有两张桌子和两张高背椅，这是我见过的最好的房间。

我满足地趴在上铺，现在所有学生都在做作业，包括那个嚣张

的普莱娅。而我俩既是正式学生，又可以不做作业，真是开心。

在上铺和下铺的床头，有两个很小很小的两层抽屉分别放在房间的夹角处，用来放皮筋和发卡，还可以摆一个闹钟。我看了看墙上贴的作息时间表和校规，以及宿舍规定，并在心里默念着。读了几遍，我几乎都可以把它们背下来了。

终于到了晚上八点，楼下逐渐变得喧闹起来。我们也奔下楼，可是楼下并没有人，吵闹声都是从楼后传来的。我循声赶去，哇，后面是一小片薰衣草花田，还有清澈的小溪在欢快地流淌着。学生们三三两两地聚在一起，或在小溪边玩水，或在花田里漫步，笑声传遍了被夕阳染红的天空。

我们尽力地去融入他们当中，却又显得格格不入。

八点半，从学校传来了悠扬的钟声，学生们纷纷散去。我们也回到房间，刷牙，洗脸，换上睡衣。

过了一小会儿，有小号声清晰地传入每个人的耳朵里。对面宿舍楼的灯一盏接一盏地熄灭。我跳下去关了灯。房间里漆黑一片，我却根本睡不着。

窗外月光如水，照进窗来。整栋楼都在沉睡，除了我。我轻轻跑下来，外面清风吹得树沙沙作响。我望着皎洁而孤独的月亮小姐，心底许下一个愿望：愿以后的生活顺利开心。

第十七章

第二天吃完早餐后，怀特夫人找到我们，将我们带到一个班里。我绝望地闭上眼睛，普莱娅·比思吉特端坐在最后一排斜着眼看着我们。

“普莱娅小姐，坐正，不要用那种眼神看着费诺小姐和巴克斯特小姐。”怀特夫人严厉地说。

普莱娅非常不情愿地扭过身子，看向了别处。

怀特夫人接着说：“今天班级里要增加两名新同学。正是你们眼前的这两位。萨沙·费诺小姐和乔西·巴克斯特小姐。我希望你们可以友好相处。”然后她指点着我们坐到最后的两张椅子上，我坐在普莱娅后面。普莱娅面露惊恐，伸出舌头悄悄做呕吐状。

“现在都坐在座位上等瑞克劳娜女士来。”怀特夫人最后扫视了一下教室，然后挺直了脖子走出去。

教室里立刻炸开了锅，虽然只有十六个人，但却制造了不小的噪声。普莱娅尤为大声地对萨沙前面的女生说："一会我要申请调座位。我才不要坐在脏如垃圾的土包子前面，恶心死了。"这句话立刻引来了一阵又一阵的笑声。

我们只能装作没听见，冷着脸坐在座位上。

昨天我见到的那位瘦高女士进来了，所以她到底是叫玛丽还是瑞克劳娜？真奇怪。

她高兴地走进教室："今天来了两位新同学，对吗？我记得档案上写的是乔西·巴克斯特和萨沙·费诺。我是玛丽·史密斯，但我希望你们可以叫我瑞克劳娜，那样听起来更浪漫一些。"

我站起来说："好的，瑞克劳娜小姐，很高兴认识您。"

她微笑点头示意我们坐下，她昨天没有在那些黑袍教师当中不分青红皂白地冤枉我们。

我感觉我比较喜欢这位瑞克劳娜女士了。

她说："如果大家再没什么事的话，我们就开始上课。"

这时候普莱娅把手高高地举起来，提出换座位。瑞克劳娜女士问她为什么换座位，她不能直接说不愿意坐我前面，只能说："小姐，我最近眼睛不太好，想往前坐坐。"

善良的瑞克劳娜小姐信以为真，就对她说："那你和维克多先生换一下。"

维克多，呵呵，至少比普莱娅强，人看起来也很和善。我只是想说，实际上小克也叫维克多，小克只是个昵称。因为“小克”至少比“小维”或“小多”要正常不止一点。

我正想着，维克多已经坐到了我的前方。瑞克劳娜小姐已经拿起了粉笔头，在黑板上写写画画。

第一次和其他学生一样坐在窗明几净的大教室里听课，我感觉很新鲜。我几乎没心思去听讲，东瞅西望。瑞克劳娜女士也格外宽容，大概是因为我是新来的学生吧。

就像做梦一样，一上午的时间不知不觉地过去了。学生们如同潮水一般涌了出去。

我和萨沙也走到了食堂，因为昨天我们已经在这里就餐过，所以知道打饭的流程。先去消毒柜拿盘子和刀叉，还有喝果汁或者牛奶的杯子，然后大声地和朋友边聊天边排队，排到你了就对打饭的大妈指明你要哪些菜，然后刷卡。其实刷卡就是一个验明身份的东西，并不是在付钱。也是为了防止有闲杂人员混进来吃饭，再顺便看看它的有效日期，过期了需要再领一张。

我们要得都不多，我要了一个热狗面包和有沙拉酱的蔬菜沙拉，还去接了热咖啡，萨沙则要了一个三明治和一份水果布丁，还有一点蔬菜，但她接的是果汁。

我们来得比较晚，所以那些干净、明亮、靠暖气管的座位已经一个不剩了。但靠门和在过道旁边的位子还有不少。我们只能坐在了一个门边的桌子上，有人进来时风就会顺着打开的门无情地吹向我们的脖子。

第一天到这里，我不仅不兴奋，还没什么感觉。

没有人过来和我们坐在一桌，尽管还有几个人不得不站在一边吃饭，而且是站在一些朋友的桌子边，过一会儿就有一个人替他站一会儿，让他坐在自己的座位上。我们不认识任何学生，除了那个耀武扬威的普莱娅和沉默寡言的维克多，我可对他们一点好感也没有。

看着别人围在一起有说有笑，我承认，我也很想加入他们。只是我实在不愿意去求她们和我们一起吃饭、聊天，所以我只能僵硬地坐在原位上一口口把饭送进嘴里。

我们孤单地吃完后回到宿舍，躺在各自的铺位上。我们假装睡着了，但其实都明白对方压根就不会睡着。

气氛略显尴尬，我心里期盼着下午的课。怀特夫人晚上会来辅导我和萨沙做作业。

下午上课时我还是尽力去认真听了，虽然没有什么基础，但我感觉还可以听懂。听说这几节课都是素描，毕竟素描也是我的强项，所以感觉不是很难。

快下课时，瑞克劳娜小姐给每个宿舍发了一个正方石膏体，她说："每个宿舍搬一个小凳放在中间，四个人坐在正方体的四个方向进行绘画，明天交。”

萨沙悄悄对我说：“那咱们就两个人，难道每个人要画两张吗？”

我还没回答她，瑞克劳娜小姐又开始说话了。我赶紧让萨沙闭嘴，专心听她在说什么。

瑞克劳娜小姐说：“乔西和萨沙——，”她故意拖长了声音，看见我们下意识地抬起头后才继续说，“你们只有两个人，所以只用画两张，从两个不同的角度画，交上来的要不一样。”然后她对我们笑了笑，她对其他学生应该是很少笑的。她可真温柔。

我们开始画的时候，怀特夫人敲了我们的门，高声问：“我可以进来吗？两位小朋友？”

我一边画一边喊：“请进！”

别奇怪，怀特夫人也可以进入我们的房间。因为她也是这栋宿舍楼的管理员，有所有房子的门卡。当然，这样方便她出入，更方便她管理学生。

“嘀”的一声，怀特夫人推门进来了，她指导了我们一会儿。然后直起腰来转了转脖子说：“你们之前的——”她歪着头，拨着指头想了一下，“三天课，你们可以用这周末和下周六补，也就是在其他的学生不上课，周末大家休息的时候补。不过我可以帮你们补习。”

“好，”我一口答应下来，“是这周末和下周六，对吧？”

“是的。”怀特夫人点头同意。

“没有问题，”萨沙嘴快地答应道，“辛苦您了。”

怀特夫人见我们的作业没有什么问题了，就对我们微笑了一下：“你们快点，不然一会儿就没时间休息了。”

“好的，夫人。”

怀特夫人并没有问我们适不适应，这也是她的一种维护方式。说实在的，我真的不太习惯这里的生活。倒不是因为起床太早，我早都习惯辛苦了。只是这里的学生让我感到陌生。

晚上躺在床上时，我回顾了一下今天的经历。我也不知道我是什么感觉，也许就是没有感觉的感觉。

我觉得，这个世界，有可能真的不太适合我。

第十八章

一个多星期后，我们已经渐渐对这里的事物熟悉起来。我最喜欢的时刻就是周三和周五下午的优秀作业展，瑞克劳娜小姐会高高举起我的作业，然后大声说：“乔西的作业又是最好的！”

看起来，那些学生都很不服气，凭什么一个新来的土包子可以天天受到赞赏，而他们就不行！我打赌他们一定都这么想，可能除了普莱娅。我通过别人对她有了一定的了解，发现她并不是一个绣花包，而是有一定的实力的。

在学校，我最喜欢的课是素描，偏偏这也是普莱娅的强项。我来到班上几天后，我们俩都充分地认识到了这点。她是个喜欢争强好胜的人，每次都要与我争个高低。你看她的嚣张劲儿，鼻子都快要翘到天上去了。

今天我有个意外之喜。

在中午的时候，我们一如既往地去食堂打饭。今天我们来得早，占到了一个靠窗的位置，我们要速战速决，所以闷头扒饭。感觉有人坐在我们旁边了，我没有理他，因为现在有人坐在我们旁边也是常有的事情。

直到他说了声：“嗨！”我觉得有点熟悉，抬头一看，我太不敢相信自己的眼睛：“呼延涵霖？！”

呼延涵霖看起来很高兴，萨沙显得忍无可忍。

“你怎么在这个学校里啊？”我急切地问道。

“我本来就是这个学校的学生啊，我没告诉过你们吗？”他用不失礼貌的微笑回答着。

“你确实没说过。”萨沙从牙缝中挤出这句话。

空气中充满了不友好的气氛，呼延涵霖又和我们敷衍地聊了几句，然后就找借口离开了。

我有点儿生气地望着呼延涵霖离开的背影，对萨沙说：“你干吗这么粗鲁？”

萨沙没理我，她一声不吭地吃着饭，目光望向了远方。

我并没有打听到呼延涵霖在哪个班，但我听见有人叫他“学长”，他应该在高年级。

我后来有一段时间没见到他，但见到了一个意外的人——莉莉丝！她其实就在隔壁班，我们也是在食堂里遇见的。她对我们说，我们消失了以后，卡特奇很高兴，但福特也失踪了。

“那我爸妈呢？还有莱拉他们呢？”我关心的是这个。

“他们一开始很着急啊，但是后来我和他们说你去阿萨穆德朗了，然后他们就放心了。”

“哦。”我想，怪不得没一个人过来找我呢。

过了一段时间后，我们换了宿舍，调到了莉莉丝的宿舍。那是个三人宿舍，本来和她一个宿舍的两个人都退学了，同时莉莉丝说服了怀特夫人，把她调到了我们班。

我很高兴，这个时候我已经认识了不少人，再加上莉莉丝和她的一些同学，我的人脉可以说是很广了。

当莉莉丝转到这个班上时，我感觉她的画技似乎也不出众。因为瑞克劳娜小姐不怎么表扬她的画，尽管在我的潜意识深处，她一直都比我好几百倍，几千倍。也许她真的还不如普莱娅呢！（我指的是画技）

当圣诞节到来时，我已经学完了几何体和一些瓶罐的素描。

不少学生都回家了，但我们——当然也包括莉莉丝——由于路途遥远，所以选择留校。

圣诞节的早上，我抱着一个枕头坐在壁炉旁，外面下着雪，而屋子里却温暖又舒适。

我的圣诞礼物不是很多，它们是：一支圆珠笔加一袋爆米花、不同颜色的发夹、一本故事书加自制的水果糖、一整套全新的颜料、一条灰格子的围巾。它们分别是：萨沙、莉莉丝、怀特夫人、瑞克劳娜小姐和呼延涵霖送给我的。但是我很愧疚，我没法送给他们任何礼物。不过我倒是经常见呼延涵霖。学校几乎成了几座空楼，食堂总是冷冷清清的，我们的宿舍也一点儿节日气氛都没有，莉莉丝总是很早就跑出去买一堆礼品什么的，萨沙也经常一声不吭地出去闲逛，而我总是无聊地趴在床上看书和不断地画画。

虽然家里买不起圣诞礼物和好吃的东西，但每年的圣诞节，妈妈都会点上蜡烛，爸爸会砍一棵小松树，小克和艾娜则围着它跳舞或玩“鬼抓人”，泰明、我、莱拉折纸花篮来装饰家里。尽管家里并不五颜六色，但仍然温馨又快乐。我从来没这么思念家，思念那普通的圣诞树。不知道家人们现在都在干什么，我真的很想回去。

这里的圣诞节真冷漠。

第十九章

几天后，学生们陆续回到了学校。我才发现，其实我一个人还好。

星期二的上午，呼延涵霖给了我三盒水果，并嘱咐我："学校发的水果，一人一盒。这是你和你的两个室友的，回去给她们。"

我正想说谢谢，突然从角落传出一句阴阳怪气的"未婚夫和未婚妻"。顿时，整个走廊弥漫着那些男孩们的夸张大笑。我恨不得把地扒条缝钻进去，呼延涵霖的脸涨成了猪肝色，他顺手从口袋里抓出一个粉笔丢了过去，并对挑起事端的男孩吼道："你有这份闲心在这胡说八道，不如先管好自己。"

我气恼地转过身，这已经不是第一次了。

不知从什么时候开始，无论是高年级还是低年级学生的八卦新闻当中，总会这么说：

"听说了吗？"

“什么呀？”

“你不知道？呼延涵霖谈恋爱了！对象是14班的乔西·巴克斯特。”

“真的吗？”

一夜之间，几乎所有的人都对我指指点点，连萨沙也是。

“忙着约会呢？”当下午下课我回宿舍晚一点时，她居然也这么说，气得我讲不出话来。

只有莉莉丝还一如既往地陪在我的身边，和我聊天。

“你不会真介意他们说的？他们只是玩玩而已。”她担心地问我。

我连忙说：“不会不会。”其实我太介意了。

我彻底和萨沙决裂了。她一次又一次地讽刺着我，我忍无可忍，顺手抄起被莉莉丝整理得十分整齐的试卷，朝她使劲掷了过去。

试卷飘得满屋子都是，萨沙的脸一下变成了青灰色，就像是呼吸困难的人。她看都没看试卷一眼，既没收拾，也没去睡觉，而是一句话没说，头也不回地冲出了房间。正好撞在了刚回来的莉莉丝身上，也没说话。

莉莉丝惊讶地看着一片狼藉的宿舍，用眼神问我怎么回事。

我的嘴紧抿着，一直瞪着萨沙的背影。狠狠地踹了一脚门，好像那就是萨沙似的。莉莉丝先把试卷收起来，然后小心试探地望着我。

到了晚上，萨沙才回来，手里提了个大袋子。她铁青着脸，面无表情，机械地把自己的东西装起来。

莉莉丝冲过来，拽住她的右手："你去哪儿？"

她一把甩开莉莉丝的手："无所谓，反正哪儿都比这儿好。"

莉莉丝目瞪口呆地望着萨沙，只见她一脚踢开门，趾气高扬地出去了。

我过了好一会儿才反应过来，冲出去大叫："有本事就别回来！"

这下可招了不少爱搬弄是非的女生围观，不过萨沙犀利地盯着她们："亲爱的女同志们，你们在好奇地看什么呢？"于是她们都把头缩了回去。

过了几天，萨沙和一个女孩有说有笑地与我擦肩而过，连眼皮也没有眨一下。

我下决心，要和她斗到底，杠就杠，谁怕谁啊。凭什么我每次都得让着你？这一次，我决不先示弱，反正我有的是耐心和时间！

不过，这种感觉真糟糕。

这周五的下午，萨沙主动找到了我。我心里一阵感动，果然她不想失去我这个朋友。

萨沙说："马上要交学费了，但是我的钱快用完了。"

她什么意思？她是来找我借钱的吗？

她不知道我没钱?

她自顾自地讲下去:“如果你不在乎的话 我再也不会帮你交学费了,我先走一步。”

我怔怔地看着她,随即不服输地说:“没关系,我过得好与坏用不着你这个巫婆操心。”

确实如此,第二天莉莉丝就帮我交了学费,我答应她这个暑假去她家劳动抵债。

我和萨沙已经冷战一周了,没讲过一句话。她丝毫没有要停战和解的样子,我也不想理她。

上课的时候最糟糕,我和她都坐在最后一排,而且只有我们坐在这里。我们总是躲避着对方的目光,一句话也不说,这让人很不舒服。

瑞克劳娜小姐进了教室,她清了清嗓子 教室安静下来。

“今天我向你们宣布一条重要的消息。”她的眼睛扫视了教室一遍,因为又有人开始窃窃私语了,“安静!”她拍拍手,“一个月后,我们学校和其他四所学校会有一场规模很大的比赛。”

比赛!我猜其他人也是和我一样的想法,比赛就意味着金闪闪的奖牌,奖状,甚至奖学金。

如果我参加,并赢得了比赛,那……

“每个班必须推选两名选手,我认为,咱们班——”大家都坐了起来，希望她点到自己的名字，“普莱娅 · 比思吉特和——”这时候绝大多数人认为另一个人是我或是莉莉丝，“维克多 · 布朗。”

刹那间，我不知该说什么，只恍惚间听见瑞克劳娜小姐鼓动大家去报名的声音和普莱娅得意的笑声。

随后瑞克劳娜小姐让其余人回宿舍休息，而普莱娅和维克多则作为选手留下来上课。

此刻，等我醒过神来，莉莉丝默默地走到我身边：“走吧……”

我们都没说话，其实我感觉还好，因为我本来就不抱太大希望。莉莉丝一副天塌下来的样子，似乎她的人生已经灰暗下来了。

后来我才了解到，学校不常有比赛，这次盛大的比赛，可以说是建校以来第一次。参加比赛不仅会有奖状、奖牌荣誉和数目可观的奖学金，还可以加很多学分，对于以后升学有很大帮助。

莉莉丝的父母曾经告诉她，如果没有参加比赛取得名次的话就乖乖回家上学，她和我想的一样，与其一辈子待在那个穷乡僻壤，不如走出去搏一博。

我劝她：“别这么沮丧嘛，咱俩也去报名吧。”

她仍绝望地摇着头：“你又不是不知道，现在报名只能当一个后备选手，而且选手们的身体很健壮。”

我不死心：“不是还有两个名额吗？”

她反问我：“你难道没看见安吉和苏去报名了吗？”

我彻底没话说了。莉莉丝突然想起了什么：“对了，昨天，我爸从老家回来，你爸给他说了一件事。”

“什么事？”

莉莉丝看起来并不想说，但考虑再三，轻叹一口气，说道：“你不要太难过啊，”我立刻紧张起来，“你爸说你一个妹妹生病了。”

我的神经像绷紧的弦，稍一触就可能会断：“哪个妹妹？什么病？”

她想了一会儿说：“好像是艾娜，至于什么病，你爸没说，但也许很严重，要住院治疗，手术费太贵了，他月光了你家的积蓄，还借了债。”

虽然我觉得再问下去自己可能会哭出来……，但坚持问：“大概要多少钱？”

她犹豫了一下，说了一个数字。

我犹如遭到电击一般，浑身乏力，这就是天价，我们家这辈子也负担不起的。我跌坐在软垫上。

莉莉丝贴心地端来一杯水，我接过去一饮而尽，又努力问道：“那艾娜能治好吗？”

她沉吟了一下：“不知道。”

我眼前一黑，差点昏倒。莉莉丝连忙扶住我。

“我对艾娜的不幸表示难过。你爸说，你要是在这里学得一般，就回家吧。他把整个村子都借遍了，他希望你能回去干活。因为你家现在缺少人干活。”

我的心里一阵绞痛。难道艾娜真的治不好了？她会不会死？我真的不能上学了吗？

我艰难地撑起两条腿：“很抱歉作出这个决定，我不能任她那么痛苦又无所作为。”

莉莉丝也站了起来：“你要回去？等这个学期结束了不行吗？”

“我一秒也不想多等了。”

“需要我陪你去办退学手续吗？”

我摆了摆手，独自踉跄着走出去找怀特夫人。

我不知道我是怎么走到怀特夫人的办公室，并说明来意的。

怀特夫人并没有答应我，而是过来搂住我的肩膀，让我坐下：“孩子，你好像有什么心事？”这时她脸上惯有的微笑不见了，取而代之的是关心和慈祥：“可以告诉我发生了什么吗？”

我再也控制不了自己了，不禁号啕大哭起来。怀特夫人耐心等着我哭完，我稍微平静一点后，她轻轻拍了拍我的头：“怎么回事？”

我哽咽着小声说：“艾娜要死了，她不能死。”

“她是你什么？姐姐？”

“妹妹。”

“哦，我明白了。”她点点头，“那你必须回去吗？”

这不是很明显的事吗？我在心里想着，嘴上却说：“是的，夫人。我很想她，而且家里现在根本没什么钱了，我得回去帮家里干活。”

怀特夫人轻轻叹了一口气：“那你妹妹住院治疗还得花不少钱吧？你回去又能改变什么呢？”

我不说话了。

怀特夫人又问：“那你还愿意在这里学习吗？”

我点点头。

怀特夫人握住我的手，说：“我有一个办法，既可以让你妹妹继续治疗，你也不用放弃学业。”

我苦笑着说：“除非奇迹发生。”

怀特夫人像个小孩子一样说：“你去报名参加比赛……”

我打断了她的话：“抱歉夫人，我没有冒犯您的意思，只是我们班的四个名额都已经有人了。”

“这样啊……”怀特夫人皱起了眉，显然在思考。良久，她抬起头对我说：“你先回去吧，我帮你解决比赛报名的事。”这话一听就是不想让我退学的意思。

我虽然不太相信还能参加比赛，但仍然尊敬地向怀特夫人鞠了一躬，至少，我可以再多留几天。

就是嘛，我那么努力地来到这里，又好不容易入学，自己一直坚持的梦想，怎么能轻言放弃？

回到宿舍里，我有些半信半疑。可我还是收拾好了东西，准备连夜出校坐车回去。

好在莉莉丝及时理智地拉住了我："你疯了吗？没有退学申请书，门卫是不会放你出去的。如果你跑出去了，被学校知道，你会被终身禁止踏入校门，或许更糟，你会被困在回家的路上！"

于是，我放弃了现在就回家的计划，打算过两天以后再说。

可是在学校的这几个晚上，我总是做噩梦，梦见艾娜快死了，如果我立即到家，她就没事。可总是在我离家还有几步远，爸爸妈妈就冲着我摇头，一切都裂成了碎片，我也满头大汗地惊醒。也不知怀特夫人到底是诚心想帮我，还是故意把我扣在这里。

我在学校的一些朋友都说我魂不守舍的，也不知道发生了什么。整个学校只有怀特夫人和莉莉丝知道发生了什么，她们的嘴巴都很严。

晚上的噩梦严重影响我的睡眠质量，白天又总是不知不觉地睡着了，瑞克劳娜小姐很不高兴，她说我退步了很多。

正如我前面所说的，只有莉莉丝和怀特夫人知道怎么回事。所以大多数人都觉得我"失恋"了，一见到我就露出更诡异的表情。

不过我现在没闲心去关注他们，我只在意比赛的事。

这天晚上，瑞克劳娜小姐突然到了宿舍。我不禁感到一阵慌乱：她从来不到我们宿舍的，这次突然到访是因为我们犯了什么事吗？

不过她没有和莉莉丝讲话，而是直接把我带了出去。看着她那个严肃劲儿，我更惶恐了，我什么都没干啊。是不是因为上课睡觉要批评我？

她将房门关上，但我听到了轻微的摩擦声，我知道莉莉丝现在一定把耳朵紧紧地贴在门上。

“怀特女士给领导们写了申请，又开了很多次会，帮你争取了一个额外名额”她愁眉苦脸地说。

我高兴坏了，同时不理解：她为什么那么忧虑呢？

“太好……”

“别急，先听我说完再决定要不要欢呼，”她居然按住了我，“怀特女士还写了保证书，保证你可以进入总决赛，并取得前一百的名次。”

我突然感受到一股无形的力量压迫着我。

“不仅如此，比赛一共三轮，你必须在第一轮的名次是前一百五，才能进入下一场。”

“这有什么难的？进入前一百五十名又不代表什么。”

“丫头，”她一脸凝重地摇头，“我给你讲，参加比赛最起码有三百多人。就相当于两个人里只有一个才能晋级，你不认为难度很大吗？”

我又不说话了。

“而且距离比赛只有三个月了，你可以在三个月之内准备好吗？”

我试探性地问：“那我能不能不参加比赛？”

“不！”瑞克劳娜小姐一反常态地蹦起来，吓了我一跳，“你当然要去！必须！”

我一下来了劲：“凭什么？”

她竟然没有发火。要是换成平时，哪个学生用这种语气和她说话，她非气死不可。不过好在我们在谈一些重要的事，她没在意。

“我来就是为了告诉你这个消息，如果你不参赛，不仅怀特夫人会遭到处罚，你以后也会被禁赛！”

“为什么处罚这么重呢？”我百思不得其解。

“不为什么。”

“是因为怀特夫人写了保证书吗？”

“你可以这么理解。”

“乔西，你参加也得参加，不参加也得参加。”她用一种说不出什么感觉的眼神看着我，可能关怀更多一点吧，“明天你直接去找怀特女士，她会安排你的一切的，不早了，我该回去了，”她打了一个大哈欠，“早点休息。”

我说：“晚安，小姐。”

“晚安，乔西。”她一边说一边走向楼梯口。

我站在原地待了一会，不知道是该高兴还是该忧虑。

第二十章

莉莉丝认为，不管怎样，我都应该去比赛。

我叹了一口气：“有什么用？我基本可以肯定我不会有什么成绩。”

莉莉丝坚决不同意，她不理解，为什么我只要参赛就可能有丰厚的奖学金和奖赏，也不用任何人受到批评，但我却不愿意。

哦，她错了。

当然，这么多的利益摆在眼前，鬼才不想去呢。可是，风险也是一定有的，我参赛的目的是拿奖金救艾娜，但万一得不偿失呢？

我的意思是：所有人都觉得我一定是冠军，只有我一个人往坏的方面想，如果我没有赢得比赛，如果我没有进入决赛，如果……太多个如果了，让我不敢继续想象。而输掉比赛的结果是：我必须退学，回家干活，而且这辈子都不会有机会再回来了。更糟的是，怀特夫人会因为我而受到处罚。她对我是那么慈祥，又那么温柔，就像妈妈待我一样，甚至更温暖！我不希望她受到牵连。但如果主动回家，虽然艾娜依然不会好转，但不会连累别人，也可以安心在家一直陪着她。

管它呢，我心烦意乱地想着，横竖都得回去，还不如轻轻松松，没有负担地走呢。

再三地权衡利弊，我还是决定留在学校准备比赛。

虽然我的成绩和作业在全校排不上前几名，但在班上绝对是当之无愧的第一第二。我参加比赛的话，进入前一百名应该没问题。

自从我决定留下来后，怀特夫人便每天都给我补课。

“夫人，请告诉我费用是多少，我以后会还给你的。”

“什么？”怀特夫人挤着眼睛，表示她没听懂。

“费用，”我重复了一遍，“补课费，夫人！”

她舒展开眉毛：“亲爱的孩子，我是自愿给你补课，争取能让你取得好名次，不要什么费用。请记住，这是朋友帮助朋友的关系。”

我的脸瞬间红了：“这怎么可以呢？您又不是我的什么亲人。”

她并没有像我想象的一样笑起来，而是一脸认真地说：“因为，这关系到两个小女孩的命运。”

日子一天天过去，转眼到了炎热的夏季，太阳每天都无情照耀着广袤的大地，一切事物被笼罩在强烈的白光之下，大地被烤得滋滋响，好像一块焦黄的面包。

我时常看见有人，尤其是和我一样大的女孩，穿着牛仔裤，扎着高马尾，捧着一本漫画书坐在学校小卖部前的台阶上咬着雪糕，快快乐乐，无忧无虑的。我很是羡慕。

而我必须集中精力来提高自己的能力，不能分心！我要珍惜每分每秒的时间去练习！我明白，这场比赛是我唯一的机会，我一定要抓住！

第一场比赛越来越近，我的神经也越绷越紧。

在开赛的前一天，我紧张到了极点。怀特夫人出人意料地没有给我疯狂补课，而是给我做起了心理辅导。

她对我说："首先，请先闭上眼睛，然后深吸一口气，再呼出去……对对对，多做几个深呼吸……"

我按照她的要求做了八个深呼吸，紧张的心情仍然一点儿也没变，我觉得我快要喘不过气了。

怀特夫人也看出了我的紧张，她说道："乔西，我教你一个办法，你以后要把每一次做作业当成比赛对待，这样可以使你认真对待每一次作业；但以后要把每一次比赛当成做作业对待，这样可以使你拥有轻松的心态面对比赛。"

我越来越迷糊了，把这个当成那个，意思不还一样吗？

"好的。"

"明天千万不能慌。一定，千万要记住，要镇静地去画，尽量不要理会外界嘈杂的声音。”

我几乎一夜未眠。我很想闭上眼睛睡觉，但我根本没办法入睡。突然，我不想面对明天的一切了。

我知道今天如果没有休息好的话，明天很有可能会头昏眼花，那样会影响比赛，但我认为不到四五点我是不会睡着的，不幸的是，确实是这样。

大概到四点半的时候，我渐渐有了睡意，而此时离起床只有不到三个小时的时间了。

我在心里咒骂着我自己，一边坐起来但很快又躺下了。我定了一个闹钟，打算提前起来清醒一下。

没等闹钟响，我就自己爬了起来。这里早晚温差大，趁着现在清凉又没人，我打算到操场花坛前散散步。

此时，月亮快下去了。我望着月亮，它皎洁的光芒驱赶了我心中的阴霾。我突然觉得我是有可能拿冠军的！

第二十一章

我最不想面对的时刻到了，整栋楼的灯亮起来了，也意味着该起床了。我身上穿的是一件相对比较厚的睡衣，如果不赶快回去换短袖短裤，到中午，恐怕会被热晕。

我很希望能一直独自待在操场上，享受着这份清凉。

我恋恋不舍地离开了花坛，去面对现实。

现实是残酷的，太阳已经完全升起来了，仿佛在讥笑我，等着看我的好戏。

莉莉丝说：“你去哪了？我以为你偷偷跑了，好担心你。”

我干巴巴地说：“谢谢你。”

比赛会在吃完早饭两个小时之后开始。我和莉莉丝到食堂吃饭，但我没什么胃门，只打了一份面包和三块排骨，心不在焉地吃着。

莉莉丝接了一杯橙汁给我：“橙汁喝了会让你变得有力气。”

还是莉莉丝好，我感激地接过那杯橙汁。

第二十一章

正当我准备开始喝的时候，一只手伸了过来，一下把那杯橙汁打到了地上，洒得到处都是。

我惊愕地抬起来头，是普莱娅。她正自命不凡地昂着头，斜着眼，用她的下巴对着我。

很多人围了过来，莉莉丝被气得全身颤抖！

我真想给普莱娅一巴掌，但那样只会让结局更糟。我应当用理智克制住自己才对，我尽量平静地看着她。

但偏偏她一句话也没说，只是挑衅般地看着我，这令我很不高兴。如果她先开口的话，我就可以名正言顺地去和她对骂。她却聪明地选择了闭嘴，这样明显是想令我难堪。

“要么解释一下，要么就滚开，普莱娅。”这个声音气势很强，但音量不高，有理不在声高嘛。

我很好奇那是谁，刚巧她从人群中走出来。

我愣住了。

是萨沙！

是很长很长时间没理我的萨沙！

她怎么又会在我最需要帮助的时候出来帮我？她不应该挤在人群里看好戏吗？

普莱娅变得目瞪口呆，她大概从来没被人这么说过。我满意地看到，她的脸迅速变成了番茄色，然后恼羞成怒地离开了。

萨沙一副嗤之以鼻的样子，然后她像什么都没发生一样走了。

今天我们不用上课，那一个小时是休息时间。确切地说，是所有选手的休息时间。

考虑再三，我让莉莉丝先回去，我自己则在萨沙的必经之路上等她。我实在没耐心耗下去了。

萨沙见到我，却一言不发地绕过我继续走。

我再也没法和聋人盲人一样站着了，转过身喊：“等一下！”

她确实停下了，但只扬了扬脖子：“你在叫我吗？”

不叫你叫谁？我心里虽然这么想，但嘴上却没这么说。

“谢谢。”我纠结了好一会儿才说，又快步走到她身边，“咱们能和好吗？说实话，我那天不该向你扔试卷，是我太小气，都是我的错……”

“不，”萨沙抬起头，她的目光是真诚的，“也有我的错。我不应该那么讽刺你。我只是不想让你和别人交朋友，我一直只想让你是我一个人的朋友……”

我们紧紧拥抱在了一起。在开赛前，我心头的大疙瘩终于解开了。

“哦，对了，”萨沙又开始和以前一样对什么都关心了，“你为什么要参加比赛啊？”

我将事情的来龙去脉叙述了一遍，萨沙显得很同情。

“艾娜的事我很悲伤，真心祝愿你能赢得比赛！”

时间有限，留给我的休息时间不多了。我的上下眼皮已经开始打起架来，我必须赶紧返回宿舍好好睡上一觉。

我回去后，叮嘱莉莉丝一会儿叫醒我，就疲倦地盖上了被子，立刻睡着了。

被莉莉丝摇醒的那一刻，我恋恋不舍地回望着温暖的被子，此时我愿意交出我所有的财产，只想再多睡五分钟。我慢吞吞地披上外衣。

现在我知道我要面对什么了。所有的参赛选手要待在提前准备好的一间教室，怀特夫人在那里讲解有关注意事项和要求。

莉莉丝不能陪同。她轻轻抱了我一下，在我的耳边说：“祝你好运！”

我欣慰地点点头，有这样一个温柔的朋友真好。

在我走去的一路上，有不少人前来鼓励我。我惊讶地发现，我竟然认识这么多人。

我在心里疯狂地默念：把比赛当成做作业，把做作业当成比赛……，并且反复做着深呼吸。

选手们基本上已经到齐了，怀特夫人推门进来。也许是为了这个特别的日子，她终于不再穿那条破破烂烂的牛仔裤和那件袖子蓬松且落满油漆的灰色宽领短袖，而是换上了一件墨绿色的长裙，还有一顶插着羽毛的黑色帽子，看起来像个贵妇人。

她手里拿着一张单子，大家都向她围过去。

她清清嗓子：“请注意，我现在要告诉你们接下来要怎么做。”她这句话等于没说，因为所有人的视线都集中在那张单子上，“接下来发号码牌，我一次叫两个人。叫到的人过来领，同时被叫到的两个人在同一个房间作画。各位，都听清楚了吗？”

我们都默默地点点头。

“好，”她的眼睛四下看了看，“现在开始点名：安妮·克拉克和贝特拉·洛波，请到这里来……分别拿走1号和2号，下一个……”

我不耐烦地转来转去，祈祷着不要和普莱娅分在一个房间里。

“乔西·巴克斯特和……”

我的心悬起来。

“安缇拉·琼斯，请到这里分别领取37和38号牌。”

谢天谢地谢怀特夫人，她知道我讨厌普莱娅，所以刻意没有把我和她分配到一起。

我闪身从人堆里挤出去，拿走37号牌。

也不知道那个安缇拉比我小还是比我大。对了，我现在升了一级，不算最低年级。

那个名叫安缇拉的女孩迅速钻了出来，她打扮得有点儿像男孩，身形很娇小，应该只是一年级学生。

现在在这间屋子里的选手全是一至四年级的学生，一共120人，而五至七年级则有140人，不和我们同一天比赛。

经历了这漫长的二十分钟，所有人都领到了号码。

怀特夫人满意地说：“很好，比预计早了十分钟，这意味着你们一会儿可以多准备一下。但是我现在必须把我该说的话全部说完，你们每两个人一个房间，房间的门号，对应的就是这两个人中那个奇数号码牌上的数字，喔，就比如——”她顺手拿起我的号码牌，“安缇拉和乔西当中，乔西拿的是奇数，数字是37，那她们的考场就是37号房间。都听明白了吗？”

“听明白了——”

“很好，”她的嘴角露出一抹笑意，“你们进入房间后，先在电脑屏上输入你们的号码，然后在电脑上抽取题目，即兴发挥。作答时间为一个半小时，超时则作答无效。”

“还有，作答完成后，在上面写好名字放到电脑下面的抽屉里，用钥匙锁上。”

“哦。”我小声地咕哝了一声。我有点儿不明白，既然两个人在一个房间里，不会互相抄袭吗？

“当然，抄袭这种问题我们早就想好了，”我默默地吃了一惊，我想什么怀特夫人就说什么，简直就像我的意志力左右了她似的，

“这两个人的年级不一样，抽到的题目也不一样，素材自然也不一样，所以不会发生这类问题。”

在吵吵嚷嚷的屋子里，怀特夫人拍了拍我的肩膀：“感觉怎么样？你还记得我给你说的吗？”

“嗯，还可以，你教我的：把比赛当成做作业。”

“很好，”她用她特有的眼神看着我，盯得我心里发毛，“那我问你，你为什么比赛？”

“呃，呃……”这个问题很难回答，我并不知道该怎么说，“我的爸妈？或者我的妹妹？”

她加重了一下语气：“亲爱的孩子，是我在问你，不是你问我。”

“那就是这样。”

“你有没有想过，其实不管你有没有赢得比赛，对他们来说无关紧要。”她意味深长地说。

“但是我不理解，夫人，”我急切地说，“这场比赛关系到我妹妹的命运，怎么可能无关……”

“我知道。那我再问你一个问题，好吗？”

我看着挂钟，做了个请便的手势。再问就该比赛了。

“你为什么要来这里？”

我设法说得好听一些，但是做不到，这句话仍然是十分僵硬的：“因为我想发展自己的爱好。”

我本以为她会皱起眉毛，但是她像发现了新大陆一样用颤抖的声音说：“对，对了。”

我有些摸不着头脑：“什么对了？”

“就是你完全是因为你自己的想法而来，而不是因为什么乱七八糟的一些理由而来。”

“我还没理解，您说的‘与我的家人无关’是什么意思？”

“这样说吧，”她的声音有点飘忽不定，“你在这里将知识学到手，将来有了本领你的家人才能跟着你受益。但是你要知道，知识是为你自己学的，不为任何人。”

我重复了一遍：“知识是为我自己而学的？”

“对，”她显得很高兴，“你参赛的目的是为了你家吧？但我希望你以后能把学知识变成为了你自己，可以吗？”

“您的意思是，让我就当作为了我自己？”

“不是当作，是变成。”她纠正道，“不仅是在比赛上，任何事，我希望你都可以按照自己的意愿去做，为你自己而活，能做到吗？”

“我尽量。”我艰难地说，感觉口干舌燥，有几个人已经站了起来，在门口不停张望着。

“对，是这样的。”怀特夫人如释重负地说。

一阵刺耳的铃声像针一样扎进我的耳膜，我从座位上直接蹦了起来。不得不说，开赛实在太吓人了。

“尽力去做吧。”怀特夫人说完后就去招呼乱成一锅粥的学生了。我突然很想喝粥，尤其是妈妈做的南瓜粥。

我和其他人一样按照号码上的数字依次排好，一位老师领着这一条“长龙”出去了。

我有一种想笑的冲动，这就像幼儿园小朋友做游戏一样。

我和安缇拉到了37号房间里，这个房间不大，墙面一点儿色彩也没有。房间一角放着两份各式的作画工具。有一块高高的毛玻璃把房间分成了两个区域，每个区域有一台电脑，电脑后边有一点空地，还有一高一矮两个小凳。我走到那台贴有我名字的电脑前，顺手把两个区域连接的门关上了。

我动手输入我的号码，隔壁的女孩敲了门。

“请进，”我心不在焉地说，玩着我衣服上的带子。

果然是她。她看起来很害羞，脚一直点着地，她怯怯地说：“姐姐，现在要输名字吗？”

“不用，”我没好气地说，“作答完了后输，点提交。”我这会儿的心情很烦闷，不想有人来烦我。

安缇拉不敢再看我一眼，飞也似的逃了回去。

我掰了掰手指，点击确认抽取，我的呼吸快要停止了，千万不要来一个我不擅长的。

题目很快出来了，关于水粉，我悄悄松了一口气，还好。

第二十一章

我到外面的用具堆里取走我需要的东西，现在我不着急开始，还有一会儿才开始，这会儿所有人都在准备工具。我先把颜料挤在调色盘上，然后提上洗笔桶和画笔在旁边的水池接水。

笔看起来有点奇怪，我在手里把玩了一会儿，原来是有一张纸条塞在笔管里，上面写着：“赠：乔西，希望你在今后能做最好的自己。——怀特夫人”

我轻轻一笑，我会永远保存着这支笔的。

我尽量让自己平静下来，我现在倒感觉无所谓了，大概是怀特夫人的话起了一定的作用。

一切准备就绪后，广播里响起一个机械音，它把怀特夫人说的话又全部重复了一遍，并命令所有人开始作画。我拿起那支可以决定我命运的笔，蘸了些颜料，画了起来……

一气呵成！我放下笔。可怕的事发生了，画笔不小心掉在了纸上中间空白的部分，棕色的污渍十分醒目。我的眼泪流了出来。

离比赛结束只有半个小时的时间了，我根本来不及再重新画一幅。我恨不得用头把墙撞出一个窟窿。我愤怒的目光投向了那支笔，都是它害的。我抓住它，使劲一扔。

“咣当——”它不偏不斜地落进水桶里，发出清脆的水花声。我心里的怒气稍稍平缓了一点。

“姐姐，”我转过头去，一个小脑袋从门缝伸出来，“你在干什么？测试核弹爆炸吗？”

“不是，”我怒气冲冲地回答，“我在把那个罪有应得的恶棍扔到它该待的地方。”我指了指画纸。

聪明的安缇拉立刻明白了怎么回事：“我认为那里确实有些空，你可以尝试把它改成一只狗啊什么的……”

我不受控制地说：“你在搞笑吗？”她不理解我的心情。

她悻悻地走回去了，我一屁股坐在地上。

十几分钟以后，机械音又响起来，比赛结束了。

第二十二章

怀特夫人在外面等着我，她没提那支笔，我也决定不提。不愉快的事就让它过去吧。

“怎么样？”她急急忙忙地开口问我。

我本来想说“很好”，却只是耸了耸肩。

“什么意思呢？”

“中间出现了小插曲。”我仿佛听见她倒吸了一口冷气。

“不要担心，你做得很好，我看你把它处理得非常好了。”怀特夫人轻敲她的下巴，“我可不希望你把整个比赛毁了。”她看起来并不关心发生了什么，只是在乎最后的结果而已。

确实很好。

我跌跌撞撞地走回宿舍，跌在小茶几旁的软垫上，喝了一杯又一杯柠檬水。大多数学生在用餐，但我不想吃，也不想去食堂。

污点就是污点，有什么能改变这个事实呢？即便我用它画出来的绒毛狗依然是那么的可爱，但是，那些裁判会不会认为那更像一团更大的墨渍?

我越想越懊恼，越想越不安，便开始乱摔东西。很快房间便凌乱不堪，书和玩偶被扔得到处都是。

懊恼、自责、难过等多种情绪交织在一起，我的眼泪又一次流了下来。

“乔西！”两个声音同时响起，莉莉丝和萨沙惊慌失措地跑进来，夺下我手里正要摔出去的玻璃鱼缸，好像这关系到整个宇宙的命运。

“发生什么了？”萨沙一边问，一边战战兢兢地看着莉莉丝把鱼缸摆回原来的位置，又戴上手套，把那条在地毯上活蹦乱条的金鱼扔到鱼缸里去。金鱼吐了几个泡泡，像什么事情也没有发生一样游了几圈。

看着她们一脸认真的样子，我又“扑哧”一声笑了出来，笑得前仰后合。她们对视了一下，莉莉丝先摸了摸我的脑门，又摸了摸她自己的，似乎在确认我到底发没发烧。

我把她的手拍开：“我没病。”

她们没有多问，但她们很好奇。我觉得她们认为最近最好不要轻易惹我，因为我的脾气有点儿古怪。

接下来就是漫无边际的等待，在这段时间里，我几乎不怎么抱有希望。我连包裹都收拾好了，打算成绩一出来就离开学校。

成绩公布的那天下午，排行榜被投屏在了学校大屏幕上。台下人头攒动，所有人都争先恐后地去看名次，但我实在没勇气去。

莉莉丝和萨沙去看了，她们曾尝试让我也去。

“你必须接受现实，反正你早晚都会知道。”

“我知道，但我就是不能，不去！”我怒气冲冲地关上灯，让房间进入昏暗的状态。

我一动不动地趴在床上，浑身冰凉，闭上眼睛后眼前全都是我对以后可怕的设想。

万一我真的没进前100名呢？万一我真的要回家呢？万一……有太多个万一了，我不敢想下去。

门开了一点，我以为是莉莉丝回来了，发出一声沉重的叹息。可是半天了她都没告诉我我的名次，是因为我的成绩糟糕到让她不忍心说吗？

我转头一看，太奇妙了，一个人也没有。

但门口多了一个夜光灯和一张纸，是名次表！

我屏住了呼吸，慢慢捡起它，从第1名往后看去。

第1到70名都没有我，这应该是莉莉丝放进来的，她知道我这会儿不想见到任何人或事。

我一只手撑着地，一只手颤抖地拿着表，鼓励自己看下去。

91，92，93…… 完了，九十多名了，都没有我。94，95，96……还是没我。我泄气了，索性把名次表扔到一边。夜光灯下，我好像又看见了我的名字，我的脾气顿时就上来了。让我走？可以哇，但我必须搞清楚我到底是因为第多少名而走！我粗暴地捡起表。

我直接就看到了我的名字。乔西 · 巴克斯特；名次：第……

100 名。

什么？

我揉揉眼睛，没错，是第 100 名，我没看错！

长期以来，一直压在我心头的不安和懊恼顿时消失得无影无踪了。我放声大笑，忍不住踢了几脚我的箱子。

我打开灯，又打开门，想给莉莉丝和萨沙一个温暖的拥抱，可门外并没有人。

我把头探出门框……

“咚——”

“哎哟！嗞——”

我惊讶地望着眼前一个揉着额头一个揉着手指的人：“你们……刚才没在房间门口吗？”

“怎么可能？”莉莉丝一边揉着她的头，一边火大地说，“我刚才差点被你撞出脑震荡了！”

我机械地拿起名次表：“那……这个不是你们塞进来的？”

“你傻了吧！”萨沙不停地甩着她的手，‘我们一直在找你的名次，刚刚才跑回来！”

“那是谁给的？”

“我怎么知道？”她们异口同声地说。

“再说啦，学校又不发这个东西。”萨沙又嘟哝道。

不过我已经知道是谁给的了，我轻轻地笑了。

“但是，”莉莉丝强调了一下，“你这次只是勉强过关，你不可能每次都有这么好的运气……”

“哎呀，急什么，不还有几个月嘛，反正现在我可以很长时间都不用考虑比赛的事了，我可以专心致志地去学习！”我轻松地说道。

第二十三章

自从我顺利留在学校以后，我确实比较轻松，虽然也必须上补习课，但在距下一次比赛还有四天时，我们既不用补习，又不上正常的课。

第一场比赛结束后的第三天，我的胃口终于变好了，又开始特别想念我最爱的排骨了。

莉莉丝说："比赛的前两天我还给你带了排骨，结果它们全进了垃圾桶。"

我露出尴尬的笑："排骨和你都没错，只是我当时压力太大，对什么都提不起兴趣而已。"

现在能和以前一样与她们聊天真好，我们一起到了食堂。

其实不只是排骨，牛肉末也挺好的，我一边吃一边想。

现在整个食堂都很安静，阳光先是照在绿油油的棕榈树叶上，又反射到一些餐桌上。

但这种祥和的气氛很快就被打破了，只要有普莱娅·比思吉特在，世界就不可能安静。

食堂的喧嚣都是从她进来那一刻开始的，她周围有六七个女孩。令人高兴的是，男孩子们和大部分理智一些的人都不热衷于参加这种无聊的闲话大赛。

我们的食堂是最棒的，至少和附近学校的食堂比起来确实如此。其中最重要的原因就是很安静，也不疯狂，不会有人大喊大叫，让唾沫星子飞溅；也不会有人敲打碗碟，和别人争抢食物；更不会有人乱扔垃圾，一不小心就会使人滑倒。但遗憾的是，这是普莱娅和她的朋友们进食堂之前的样子。

普莱娅进来以后，她会大声讲话，然后肆无忌惮地违反食堂规则，接下来会有更多的学生和她们做一样的事，食堂就会脏乱不堪。

而那些检查的女人似乎都在一瞬间集体装聋作哑，对她们的行为连管都不管。

在很久以后，我才知道，普莱娅之所以在学校那么飞扬跋扈，是因为温迪校长是她的姨妈。

我百分之百地保证，她现在正在和那些姑娘们瞎扯关于我名次的事。

事实证明，我预判得完全正确且很真实。

她看起来是在说悄悄话，但她的音量足以让外星人听到：“第

100 名……嘻嘻……她居然还在这里待着，要是我，我肯定没脸继续在这儿……”

“普莱娅 · 比思吉特！”萨沙低吼一声站起来。

我急忙按住她，但是却把莉莉丝忘了。

她径直朝普莱娅冲过去，普莱娅在最后一秒做出迎战姿势——她以为莉莉丝要打她。

莉莉丝冷冷地开口了：“普莱娅 · 比思吉特，别人是金子，总会发光；而你个玻璃碴只会反光。”然后她甩甩头发，帅气地回来坐下。

“我又没说你。”她当我们是傻吗？第 100 名全校只有一个，别人可能不在意，但她很明显心里十分清楚第 100 名到底是谁。

“骂乔西就等于骂我们，”萨沙说，声音比莉莉丝的还冰，目光也是，“如果你想动手的话，那就来啊，看咱俩谁能打过谁。”她的眼睛厌恶地眯了一下，就像在看一堆垃圾一样。

我不想惹是生非，因为萨沙虽然瘦巴巴的，但打人却是一流。

“还有，你只要敢动乔西一下，我们跟你没完！”

“是吗？”普莱娅挑挑眉毛，“那就走着瞧好了。”

萨沙冲她的背影喊：“你等着瞧，乔西会一举夺冠！”莉莉丝什么也没说。

这就是她们的性格，一个冲动，一个冷静。

这牛皮吹得是不是太大了？我可没把握。我只知道利用一切时间和机会去练习，每次等老师来课堂时追着老师问个不停，幸好所有的老师都非常有耐心地解答我提出的所有问题。

在不知不觉中，第二场比赛又来临了。

我感到很诧异，为什么时间过得这么快？离下一次比赛不是还有好久吗？怎么这么快？

与上一次比赛不同的是，100 名以外的选手都被淘汰了。

望着比上一次少一大半的人群，我才真正认识到比赛的残酷。

我并不知道这一次必须进到前多少名，所以这一次我的目标是模糊的。

和上次一样，来发号码牌的还是怀特夫人，我像抓住了重要线索一样冲上去："夫人，我这次必须进前多少名才有希望赢比赛？"

怀特夫人回头嫣然一笑："抱歉，这个我也不知道。"

"哦……我想，这一次既然只剩下 100 人，那留下来会更难吧。"

怀特夫人快走到房间的另一头了，我突然想到了一件事："等一下，夫人，我想问一个事。"

"什么事？"

"上一次比赛，普莱娅的名次可以告诉我吗？"

"呃……"她用那支笔敲着她的手指，"应该是第 92 名吧。"

"谢谢。"

怀特夫人走了。92名？普莱娅也没比我好到哪儿去。

既然她没比我好到哪儿去，那就证明我和她不相上下。那我这一次，也不会比她差！

现在我已经不需要知道我必须得多少名了，我给自己定了一个目标：超过普莱娅。

这一次的题目对我更有利，我抽到了最擅长的素描，但同时也“幸运”地和普莱娅分到了一起。她抽完题目以后脸就拉得老长，我肯定她抽到了她不喜欢的题目。

第二十四章

第二次比赛结束，我并没有和上次一样昏昏沉沉，而是愈发活泼了。成绩出来的那天，我欣然和莉莉丝她们一起去看成绩排名榜。

我认为我应该没有多大问题，我指的是超过普莱娅。果不其然，我提前看到了她的名字，因为我是从后往前看的。

其实，我关心的当然是我自己的名次，应该不会差。

我是第 46 名，不会被淘汰吧？我小心地去看淘汰规则：第 50 名后被淘汰。

我忘乎所以地跳起来。又过了一关，离胜利只差一步之遥。

同时需要高兴的是，普莱娅作为第 86 名，被淘汰了。

最近真的好事连连。先是与萨沙和好了，又连过两关，普莱娅也被淘汰了。最重要的是，爸爸前两天通过学校的电话告诉我，艾娜最近稍微好一些了。似乎幸运女神一直在眷顾我。

我并没有立刻告诉家人比赛的事，我想给他们一个惊喜。

想必家里现在一团糟，前一段时间，莱拉似乎跑出来找我，差点走丢。而泰明和爸爸不仅要打鱼，还要种地，因为妈妈必须每天陪着艾娜。没人照看小克和莱拉，他们只能去隔壁村的小姨家。但是小姨家也有五个孩子，所以常常忘记小克和莱拉。

爸爸希望我立刻回家，一秒钟也不要耽误。小克和莱拉在周末时必须回家，因为平常在工厂打工的姨父周末就会回家，这样小姨家就没有多余的房间让他们住下去了。

但明摆着，小克和莱拉一回来，泰明就得留在家照看他们。光是洗衣服和擦地板就够他受的了，况且他还必须去地里劳动，同时还要让两个小家伙待在自己的视线范围之内。

至于做饭，泰明没把自己饿晕都是大好事了。因为他甚至连糖和盐都分不清，煮出来的粥不是糊了就是味道奇怪，搞得他们不得不顿顿喝蔬菜汤，而这样的汤要么太咸，要么无味。

所以莱拉、小克开始拒绝吃从泰明手里做出来的一切食物，他们宁愿从潘洛小姨家带面包吃。

如果我再不回去，在艾娜痊愈之前整个家会崩溃的。

这使我变得很为难。

最后一场比赛还有三个星期，但家里的经济状况可能不允许我等这么久。爸爸打鱼所得是全家唯一的收入，家庭收入越来越少，支出却一天比一天多。如果我回家了，那泰明和爸爸就可以一起去打鱼，再加上种地喂鸡，差不多可以勉强维持生计。但是如果在这个节骨眼上半途而废，我之前做的所有努力都白费了。

莉莉丝建议，让她和萨沙在学校里募捐。

我问："募捐是什么？"

莉莉丝说："就是把你的事写在纸上，再贴到布告栏上——"

我立刻摇了摇手，我不想所有人都知道我的事，更不想他们来同情我。我讨厌被人同情。

第二十五章

此时已经到了盛夏，这一场比赛一过就该放暑假了。

之前被淘汰的学生有的已经提前离校，还不到六月中旬，普莱娅也走了，我非常高兴不用再见到她了。

我变得忧心忡忡，已经很久没接到家里的消息了。

不过我安慰自己，没有消息就是好消息。

在我熟悉的人当中，只有普莱娅回去了，萨沙、莉莉丝、维克多和呼延涵霖都还在学校。

我猜想，呼延涵霖也参加了比赛，而且很有把握取得好名次。

而让我感到惊讶的是，维克多居然也没被淘汰。

看来，我有不少对手呢。

我下定决心，现在不管家里说什么我都不会回家，直到公布名次为止。因为我最怕一事无成地回家，之后还要接受所有人的谴责。

其实也不一定非要我回去，寄些钱回去也是可以的，很可惜，我没有一分钱。

我知道，对于别人来说这不过是一场无所谓的比赛。即使他们觉得拼尽了全力，但也不会比我更努力。

我相信，上帝一定不会辜负我的努力！

对于家里的催促，我只能尽量找借口拖延，比如我突然生病了，或者重要的东西丢了之类的话。

最终，妈妈给我下了最后通牒，她在电话里怒吼：“你的画难道比家人更重要吗？你明晚上立刻出发回家！”然后她便挂上了电话。

我松了一口气，明天就是最后一场比赛！

我只想说，这一次，我必须赢，我必须背水一战！

第二十六章

走进熟悉的小房间，我知道我在担心什么了。其他人都是一副看起来无所谓的样子，嘴上也都在奉承别人一定能取得好成绩。而我只是沉默地坐在一边，看着他们。

奇怪，怀特夫人这次并没有出现，也没有对我说什么。我甩了甩头发，不管了。

为了不让成绩有水分，这次考试是一人一个房间，我不敢有丝毫松懈，短暂地休息了一下之后，就开始作答了。我抽取的题目又是水彩。

还好。

我此时的思路就像被切断的电路，毫无灵感。

可是一想到妈妈疲惫的眼神——黯淡无光，而且透露着失望，我突然就振奋起来了，绝对不能一事无成地回去，不能让别人都小看我。

我在心里发誓：我不仅会风风光光地回去，也会给全家带来全新的改变！我揉了揉眼睛，拿起笔，把所有的精力投入进去……

直到画完最后一笔，我的手才放松了下来。我仔细地检查着，这是我唯一的希望，我不能有一丝一毫的错误和瑕疵。

我长舒了一口气，小心地把它烘干，然后提交。

这一次我发现，等待的时间几乎没有尽头，让我一直都生活在煎熬之中。

妈妈又打来了电话，不过我没有接，而是让莉莉丝告诉她我已经回家了。

不过拖得太久，妈妈也会怀疑的，还是越早结束越好。

事与愿违，这一次都两天了，还迟迟没有动静，我只能寄希望于我的名次，如果带回去数目非常可观的奖金，妈妈应该就不会在意我回来晚了。

这一次公布成绩，足足拖了五天。我已经彻底把其他事抛到脑后了，只想知道自己的成绩。

所有选手聚集在大礼堂，会有十五名选手获得奖金，前三名的奖学金最多。而这个数目，正好可以交齐艾娜的手术住院费，还能再还一小部分债务。

我的心被触动了，前十五，前十五，我愿意用整个生命来交换这唯一的希望。

怀特夫人开始念名单了，不过她是按照我们的号码顺序念的，名次会被打乱。

我企图从怀特夫人脸上找到什么，是失望，还是欣喜？但她不看我，我有些担心。

“5号，米洛丽奇·帕特森，第17名。”

我仿佛能听见我的心咚咚地跳着，频率比平常加快了三倍。因为我是下一个，我是6号。

“6号，乔西·巴克斯特……”怀特夫人拖长了声音。

我浑身发麻，大脑一片空白，身体像被抽空了似的，轻飘飘的。

“第2名！”

我怔住了，看见别人都在鼓掌。

幸福来得太突然了，我累坏了，疲倦地趴在桌子上。也许，我的努力上帝确实看见了……

第二十七章

我以为还要再过一天才发奖学金，可是怀特夫人却说因为特殊的原因，奖学金会提前发放。

我更加高兴了，这样就不会耽误太多时间。

奖状、奖学金是按照名次从后往前发的。我之前说过，前三名有奖牌，奖金也更多。

第 3 名上去领奖时，怀特夫人把剩下的奖牌、奖状递给了身边一位女士，自己则走了出去。

我不知道发生了什么，她难道不为我高兴吗?

我追了出去。

怀特夫人走到花坛的长椅旁边，坐在椅子上，双手托腮，似乎陷入了沉思。

我兴冲冲地跑过去："怀特夫人，您怎么了？"

她猛地抬起头来："哦，孩子，你怎么也跑出来了？"

“哦，谢谢您，夫人，谢谢您一直帮助我！”

我以为她又会说什么不用谢是因为我天资高啊什么的，但是她却站了起来：“孩子，你想知道为什么我一直帮助你吗？”我惊讶地看到她脸上有悲伤的神色，是因为什么呢？

在她低沉而悲痛的声音里，我得知了过去发生的一些事情：

怀特夫人很早以前就在学校当副校长，也有一个擅长绘画的孙女——和我一样，都喜欢素描。

怀特夫人经常带她去写生，在前年暑期的一天，她们经过一个池塘，池塘里有几条鱼，她的孙女就好奇地用手去抓鱼，突然，她一只脚滑进池塘，转眼间，整个人都进去了，等怀特夫人发现时，她已经消失在水里了……

我被这个消息惊呆了，只能静静地看着她。

怀特夫人眼眶变得通红，哽咽地说：“自从见到你，我就觉得你像玛娅，我帮助你除了因为觉得你本来就不错，还因为我太想玛娅了，而你不仅长得像她，你的很多地方都和她很像……”

她擤擤鼻子，又用沙哑的声音说：“每次看见你，我都觉得她又回到了我的身边，像活过来了一样，我就特别的开心，也愿意一直无私地帮助你……”

这个事情太让人震惊了！要不是怀特夫人自己说出来，我完全看不出来她的心灵受到过这么大的打击！

我半信半疑地看着怀特夫人，她擦了擦眼泪，又说：“你快点回去吧，别一会错过领奖了。”

我思考了一下，觉得这会儿最好不要打扰她。便加速跑了起来，最终在最后一刻赶到了礼堂。

正好！

那位女士在广播里大喊着我的名字：“乔西·巴克斯特！乔西？6号选手在哪儿？”

我一边忙不迭地挥手，一边冲上主席台。

那位女士把奖牌和装有奖学金的奖状袋递给我。我很想现在就回家，可她却不紧不慢地要求我说说为什么参加比赛，我也知道了为什么第3名发奖用了那么长时间。

我盯着茫茫人海，只是张了张嘴，觉得没什么好说的。那位女士有些气馁，便说：“参赛的目的。”

这和怀特夫人问我的一样，我脱口而出：“为了那些奖学金！”

底下一片哗然，我知道这有悖于比赛精神，但我不知道该怎么解释，只好继续说：“因为我妹妹，她现在生了很重的病，我家没钱交手术住院费……但她不能死……她是我妹妹……我只能尽力去争取奖学金……”说着说着，我的眼泪不禁掉了下来。

顿时，台下响起了雷鸣般的掌声。

……

感谢这一路上帮助我的所有人：怀特夫人、萨沙、莉莉丝、那个好心的牧羊人和可爱的巴蒂，还有呼延涵霖、瑞克劳娜小姐……正是因为有了他们，我才能在这里继续学习，我才能站在这个领奖台上，我才能解决我遇到的所有麻烦。我心潮澎湃，想到怀特夫人告诉我：学校的一种基金会专门资助特别努力特别优秀的学生，所以以后上学的费用是不用担心的！这太让人惊喜了！顺着礼堂的窗户向外望去，湛蓝的天空有朵朵祥云嬉笑打闹，鸟儿在天空努力地向前飞翔着，多么令人神往！

突然，我想起一本书中的一段话：乌云再密集，天总有放晴的时候；海洋再广阔，船总有到岸的时候。只有向着目标奔跑，只有你足够努力，那么你才会足够幸运。要相信，世界不会辜负每一分努力和坚持！

……

（完）2021.2.23

羊驼

一

每个动物园应该都养一些羊驼。羊驼，顾名思义，就是既像骆驼又像羊的动物。

羊驼在动物分类学上属于骆驼科，生理构造和骆驼相似：脖颈粗长，蹄子肉厚，胃囊有水脬，耐渴本领很强，走路姿势也像骆驼，还能像骆驼一样从鼻腔中喷出分泌物来。可仔细观察它的相貌，又与骆驼不同，身体较小，背上无峰，四肢细长，短尾巴，长绒毛，瓜子脸，尖耳朵，大眼睛，与绵羊又有几分相似。

圆明动物园养着十三只大羊驼，六雌七雄。到了羊驼的发情季节，已有十二只羊驼组成伴侣，只有一只头顶上有一堆雪白绒毛，名字叫雪满的年轻雄羊驼仍是单身贵族。为了让羊驼家族兴旺发达起来，动物园园长乔园长决定重新从秘鲁购置一只雌羊驼，与雪满组成伴侣，让它们尽快开枝散叶。

二

很快，园明动物园的人就在秘鲁动物园给雪满寻找到了一只芳龄五岁的佳丽，名叫冰淇淋。它皮毛光滑，呈现一种漂亮的金白色，细长的脖颈上有一圈罕见的、淡淡的紫红色的毛，头上、身上的毛，颜色形状都与冰淇淋相似，所以取了个“冰淇淋”的名字。它体态丰腴，四肢十分发达，鼻吻光滑如墨玉，尾巴像一朵盛开的菊花，就凭这副好容貌，它肯定在羊驼选美大赛上能够连连夺冠。

更重要的是，冰淇淋对目前追求它的雄羊驼都不屑一顾，仍待字闺中，只要将冰淇淋带回去，它和雪满两个月后就有可能是最佳伴侣，五个月后有可能就是五好家庭，它们绝对能幸福美满。再说雪满属于优秀的大羊驼，长相英俊帅气，身体高大健壮，头脑聪慧灵活，而且肯定会对来之不易的老婆加倍宠爱，到时冰淇淋还不会献出一颗芳心？于是，乔园长下令，不管花多少钱，一定要将冰淇淋带回来！

三

乔园长花了一千美元将冰淇淋带回了圆明动物园。

勤快的工作人员用清水和布条将雪满身上的毛洗干净，捋顺，然后用猪油把它头上那堆颜色如同雪一样白的毛擦得闪闪发亮，让它看上去更英俊、阳光。再把那些毛的前半部分向前梳，挡住前额，后半部分向后梳，顺直而下，多了一分时髦美。最后再找了根黑丝带，给他脖子上系了个领结，让他又多了分绅士美。他们把梳妆完毕的雪满送往冰淇淋暂时居住的环境适应所。

四

雪满见到美丽出众的冰淇淋，确实十分激动，甚至“咩吭咩吭”地叫起来，就像在唱羊驼式的小情歌。可冰淇淋却仿佛耳聋眼瞎一样，对雪满的高大身影视而不见，对近在耳边的情歌充耳不闻。雪满叫了一个上午，嗓子都快叫哑了，可冰淇淋还是对雪满不理不睬，无动于衷，看不出任何动心的迹象。

乔园长有点失望，他只能先把雪满带去喝点儿水，别真的声带破裂，再也叫不出声音来了。

秘鲁动物园的工作人员解释说，冰淇淋在三岁时，曾与当时居住的羊驼群的首领银河相爱，“俩人”卿卿我我，感情很甜蜜，可当时银河已经18岁了，它的生命正走下坡路，它们相爱没多久，银河就病死了，冰淇淋此时怀了银河的骨肉，也许是丧夫的痛影响了胎气，也许胎儿天生发育不良，冰淇淋早产了，可让羊驼群们无比痛心的是，胎儿一出生就死了。冰淇淋得知消息后，整整两天两夜不吃不喝，着实让人伤感。

今年春季又到了发情期，冰淇淋屁股后面免不了跟着一串儿追求者，可她就是不为所动，整天趴在银河生前睡觉的地方，眯着眼，耸着鼻，使劲嗅闻着地上那一点儿气味。它患了严重的单相思，除了每天觅食，一步也不肯走动。

不管怎么说，三天的适应期结束后，总得把冰淇淋带回动物园。回去后，雪满更加殷勤地对待冰淇淋，而冰淇淋对雪满仍不理不睬。对此，乔园长虽十分生气，却也无可奈何。

五

冰淇淋刚来动物园没多长时间，就和雪满差点儿命丧豹口。

圆明动物园分两个区域，一个猛兽区，一个食草兽区，两个区域都能通往动物园旁边的自然保护区，工作人员每天按照各种动物的作息时间表将它们接到这里玩耍，之后再将它们送回去。

天晓得那天是怎么回事，这群大羊驼在回去的道上竟然遇见了两只金钱豹！

两只豹子对大羊驼垂涎欲滴，凶相毕露，墨绿色的眼里闪着贪婪的光芒，不怀好意地一步一步靠近它们！

躲在一边的饲养员张珍虽然害怕，但她还是看出来了，这是一对夫妻档，更要命的是这对金钱豹看起来年富力强，雄豹大约五岁，四肢健壮发达，一口牙闪着寒光；雌豹大约四岁，一身淡雅的皮毛，还有一条美丽绝伦的尾巴，最值得重视的是，这对豹夫妻属于珍贵的变异物种。雄豹全身漆黑如墨，雌豹浑身洁白如雪。雄豹身体弓得像把镰刀，好吧，它就叫镰刀；雌豹两只杏眼闪闪发亮就像两轮十五的月亮，它就叫小月亮。这对夫妻豹眯起眼，用审视的目光打量着羊驼群，无疑是在寻找哪只羊驼更肥更嫩更好吃。

羊驼们顿时乱成一团，所有的羊驼都惊慌地叫起来，而豹夫妻却一直保持沉默，静静地看着变成一盘散沙的羊驼群。

突然，大羊驼群首领可乐大吼一声，把镰刀和小月亮着实吓了一大跳，跳闪开去。被两只豹子挡住的小路出现了一个缺口，可乐一秒也不耽误，立刻就带着妻子彩虹糖和儿子巧克力奔过小路，飞似的逃回动物园。

首领一跑，整个羊驼群羊心大乱。羊驼们没了主心骨，雄羊驼护着自己的妻子，雌羊驼护着自己的孩子，小羊驼夹在爸爸妈妈中间……

也不知谁带的头，整个羊驼群排山倒海地往小树林里撤，慌乱中，冰淇淋不小心被一名叫铁饼的雄羊驼撞了一下，又被一只名叫蘑菇的雌羊驼把一条后腿上踢了一脚，最后还被一只叫白鸽的小羊驼蹭掉了一小块颈毛，真是福无双至，祸不单行！冰淇淋的右后腿被踩伤了，全身羊毛凌乱，这时，镰刀和小月亮冲到它面前“嗥嗥”地高叫着，进行豹式恫吓，还跃跃欲试，企图撕咬它，可又不真的急于咬死它，而是故意先侮辱它，大概想待它受尽凌辱之后，再慢慢享用它！冰淇淋本身就负伤前行，又被这两只豹子一吓，心灵上受到了巨大的伤害，免不了心慌意乱，失了方寸。“怎么办？怎么办？”冰淇淋用余光瞟了眼后面，后面是一块鸡蛋状的空地，比较大。冰淇淋想，先退回去，再与这两只该死的恶豹周旋，说不定还能逃走呢。它打定主意，一步步向后退去，由于紧张没注意看路，它一脚踩在滑溜溜的青苔上，结果“吧唧”一声跌了个四脚朝天，屁股底下又垫了一块小石子，又滚了一下，又被结结实实地摔了个嘴啃泥。它趴在地上，“咩咩咩咩”有气无力地哀叫着，似乎再也没有胆量和力气站起来与两只恶豹搏斗了。

女饲养员张珍躲在一边的灌木丛里目睹了一切。她知道，今天，冰淇淋必死无疑！虽说首领可乐已成功逃回去，肯定也报了警，但是她知道麻醉枪在乔园长办公室的储物柜里，办公室离这儿太远了，至少也得用十来分钟才能到，而豹子在两秒后就能把冰淇淋扑倒在地，所以乔园长不论用多快的速度，都不能成功救出冰淇淋。退一万步讲，就算乔园长能及时赶到，那冰淇淋也不可能逃过这一劫，因为像金钱豹这样凶猛的食肉野兽，一定会在冰淇淋身上留下两道致命伤。唉！张珍想，它刚来才几天啊，还没享受到做新娘的喜悦呢，就要告别这个世界，她悲哀地闭上了双眼。

但是，她接下来听到的并不是冰淇淋垂死挣扎的尖叫声，而是一声极其普通的惊叫声和一声充满威胁的豹吼声。张珍惊讶地张大眼，她看见在冰淇淋趴着的地方弥漫着一团还未散尽的尘雾，视线再往上移，一个高大的身躯横在了两只豹子的面前，一个比雪还白的东西好像浮在空中。

是雪满！

不难想象，雪满看见冰淇淋被两只豹子围住，又躺在地上站不起来时，条件反射般地欲冲上去，想勇敢地救下冰淇淋，玩个英雄救美。雪满想如果能成功把冰淇淋救回动物园，冰淇淋一定会对它感激涕零，进而变成它的女朋友，这件事情既能展示它雪满一往无前的英雄气概，还能俘获冰淇淋的一颗芳心，最重要的是，在关键时刻，羊驼首领像个窝囊废似的逃走了，而它雪满像个英雄似的迎上去，并打败了恶豹，那首领之位不也就是它雪满的了？！这是一箭双雕——不，不，一箭三雕的美事，何乐而不为呢？

正要扬蹄而去，突然，它打了个寒噤，热昏的头脑冷静了下来。毕竟，对手是吃羊驼不吐骨头的恶豹呀，就这样冲上去，恐怕也不能制伏恶豹，而且还会把自己搭进去，英雄当不成，反倒成狗熊，那岂不是赔了夫人又折兵？对手实在太强大了，那可是年富力强的夫妻豹！对付起来岂不更是难上加难？王位也好，美女也罢，都没自己的性命重要啊！

但是羊驼界一代名媛，会就此香消玉殒，而且会死得很难看，像这样西施级的雌羊驼，不是死在雄羊驼为争夺它的打架斗殴里，而是惨死在豹口底下，那也太悲惨了！

唉，把冰淇淋救出来的可能性微乎其微，极有可能冰淇淋救不出去，自己倒成了豹子的美味佳肴。人的生命只有一次，羊驼的生命也只有一次，怎么能睁着眼往火坑里跳呢？

罢罢罢，别多管闲事了！冰淇淋被恶豹盯上，是它的命不好，自古红颜多薄命，唉唉，冰淇淋可真是应了这句话，金钱豹本身就喜欢吃大羊驼，这谁也无法改变。

可是，想要冲出去救冰淇淋的念头又是那么强烈，犹如火山爆发，根本无法阻挡，即使救不了冰淇淋，即使不幸命丧豹口，能与心爱的雌羊驼同生共死，那也是值得的！

想到这里雪满便不再犹豫，立刻冲了出去。

六

再来说说两只豹子的反应。

镰刀和小月亮本是头朝着冰淇淋，所有的注意力都在冰淇淋身上，根本想不到有哪只不要命的羊驼吃了豹子胆——不不，不能说吃了豹子胆，是吃了老虎胆，横冲直撞地奔了过来。它们没一点准备，当听到后面的响动时，一回头就看见一只雄羊驼没头没脑地冲过来，这个“愣头青”就是雪满。镰刀和小月亮只得闪开，虽说羊驼比较轻，但是在毫无防备的情况下被一只年轻力壮的雄羊驼使劲撞一下可不是好玩儿的。它们还没落地呢，突然就起了一阵尘雾，沙子迷得它们睁不开眼，难受得要命。

等它们再次勉强睁开眼时，雪满结实的身体已横在了它们面前。

雪满的脑子里已经有了一套拯救方案：它首先得装出瘸了一条腿，又受了重伤的样子来，好像自己是唾手可得的猎物。恶豹追上来时再拿出看家本领来，最好能把它们引得离冰淇淋远一点，然后等乔园长他们的救援。它知道自己要付出代价，稍有不慎就会被活活咬死，吞进豹肚，最后再变成一坨臭烘烘的豹粪被排泄出来。但没关系的，只要冰淇淋能逃脱，所有的一切都是值得的。

两只恶豹已经发现了雪满，并威胁地朝它吼叫。镰刀还冲到雪满面前，试图用锋利的豹爪撕扯雪满的身体，但雪满每次总是轻轻一跳，避开凌厉的攻击，结果镰刀一根羊驼毛也没捞到。但不管雪满怎样躲闪，它始终都挡在冰淇淋的面前，不让它受伤害。按理说，冰淇淋应该站起来，夺路奔逃，但也许是被吓傻了，也许是腿上的伤太重，也许是为雪满的行为感到吃惊，总之，它并没有站起来，当然也就没有奔跑，只是仍然趴在地上，“咩吭咩吭”地叫着，呆呆地看着一切。这时，镰刀再也忍不住了，大吼一声，对着雪满的脖颈扑了上去，雪满转身抵挡，可是，镰刀这招是虚晃一枪，当雪满的转身动作刚刚完成一半时，它又瞬间改变扑蹿方向，对着雪满的身体侧面扑了上去，在它的身体侧面，说轻不轻，说重不重地抓了一把，顿时，那里出现了两道明显的血痕。虽然出血量不大，但也一定非常痛，只见雪满的整张脸都痛苦地扭曲到一起。镰刀轻蔑地叫了两声，那神态仿佛在说：哼哼，让你挡住豹爷爷的路，这就是下场！算了算了，大人不计小人过，今天豹爷爷的心情好，不想抓你，你要是再执意阻挡豹爷爷的路，我就把你咬成碎片，送你去见阎王爷。小月亮也在一旁帮腔：我们一天只吃一只大羊驼，现在这只雌羊驼一条腿已经受伤了，比捕捉你容易多了，再说雌羊驼的细皮嫩肉比你的粗皮糙肉好吃多了，趁我们还没有改变主意，你快走吧，与其你们一起变成储备粮，真不如你现在就逃走！但是雪满仍执拗地挡在冰淇淋面前：这只雌羊驼是我的最爱，我不可能失去它，想让我离开，那是痴心妄想，我们生死在一起！

小月亮急了，“嗥”地叫了一声扑过来：我们不杀你，已经是仁至义尽了，你怎么还是执迷不悟？别的羊驼都跑了，那么你也快点滚蛋吧！

雪满依然原地不动，这时是它实施方案的好机会！它只需要原地不动，在最后一秒把前腿抬起来，等到豹牙触到它的膝关节的那一瞬间，就地趴卧下来，然后用头将小月亮狠狠地碰回去。这可是考验它雪满反应能力的时候，这场考验可关乎它的将来。躲早了不行，那样恶豹会及时改变方位，然后它和冰淇淋就上天堂了；躲晚了也不行，还没等它的腿从豹口底下退出来，伴着一声“美妙”的“咔嚓”，今生今世它就变成了一只悲惨的断腿羊驼了。一定要不早不晚，才有可能成功地保全自身，然后狠狠地将恶豹打回去。它绷紧全身的神经，平静地等待着。小月亮终于使劲地扑了过来，张开那张任何食草动物见了都胆战心惊的血盆大口，照着它的胸脯咬了下去，雪满的一只前腿早已在等候多时了。

成败在此一举了！雪满使劲地瞪大眼睛，它看见那只嘴朝着它的膝关节咬了下去，就在这一瞬间，雪满用尽全身的力量把它的前蹄收了回来，豹牙是咬下去了，“呲——”差一点点就咬到膝关节了，幸好雪满闪得快，豹牙只是啃破了蹄子上的一点皮，好险哪，差一点点就真变成了断脚羊驼了。

雪满用尽全身力气将前蹄收回来，这还为它带来了意想不到的好处：虽然刚刚使的劲儿太大，但是力气还剩了很多。于是，那条前蹄又不由自主地弹射了出去，“梆”，雪满闭起了眼睛，它觉得自己的前蹄砸在了一个柔软的物体上，它睁开了双眼：小月亮眼冒金星，在原地踏着碎步，尾巴抡出一道道不规则的线条。雪满又不失时机地踹上去，用蹄子狠狠地踢了几脚。小月亮咕咚倒在地上，口吐白沫，看起来伤得不轻。

毕竟还是妻子重要，镰刀并没有对眼前唾手可得的冰淇淋进行致命的攻击，而是嚎叫一声，奔到小月亮面前，舔着它的眼皮。过了一两分钟，小月亮睁开眼睛，有气无力地摇了两下头。刚刚想站起来，却又身不由己地趴卧在地，发出一声接一声的哀号，似乎在说：我受伤了，别丢下我！镰刀温柔地舔了几下小月亮，然后将它拖进一旁的灌木丛中，立即跳了出来，眼露凶光，龇牙咧嘴，从喉咙深处发出恶毒的低吼：你们这两个家伙真是活得不耐烦了，我和你们不共戴天，从今往后，你们就是我的仇敌，我今天非送你们去阎王殿不可！镰刀扑过来，雪满和冰淇淋绝望地闭上了眼睛。可等了老半天，脖颈却没有传来火烧火燎的疼痛，它和冰淇淋惊奇地睁开了眼睛，只看见镰刀摇摇晃晃地倒了下去。

过了会儿，雪满小心翼翼地走了过去，它看见镰刀身上插着一支针管，它反应过来了：乔园长她们来了！我们得救了！果然从林荫道上传来人的说话声，雪满太兴奋了，它低头看了看自己身上的伤，突然，两眼一黑，栽倒在地……

七

当雪满睁开眼睛时，它已经躺在动物园里的兽医站了，旁边站着眼睛充满着忧虑的冰淇淋和焦躁不安的乔园长，还有伤心的饲养员张珍。一见它醒来，乔园长脸上的荫翳顿时便烟消云散：“看吧，我就说雪满它死不了，这不是醒来了吗？”张珍顿时破涕为笑，亲昵地拍了拍雪满的脖颈。雪满也低下了头，开心地舔了舔自己的脸颊。最兴奋的当然是冰淇淋了，一见它醒来，就将自己的头靠在雪满的脖颈上，轻轻地摩挲着，雪满激动极了，自己的辛苦总算没白费，终天得到了冰淇淋真挚的芳心！

八

当雪满和冰淇淋的伤好了之后，它们便返回大羊驼群的笼舍。一见到它们归来，包括首领可乐在内的所有羊驼都跑到雪满面前，嗅闻着它的体味，用大羊驼奇特的方式来拥戴新首领的诞生。一个月后，冰淇淋和雪满组成了一对夫妻。一年后，它们生了一头活泼可爱的小雌羊驼，小羊驼头上的毛蓬松柔软，虽然颜色不像爸爸妈妈那样洁白漂亮，但看起来十分娇柔可爱，是一种白里带粉的颜色，很像人类游乐园里卖的棉花糖，所以它的名字就叫棉花糖。虽然雪满和冰淇淋的地位是至高无上的，但是由于棉花糖是出生最晚的小羊驼，暗地里总有其它的小羊驼不断地欺负它。

九

棉花糖在群体里属于身体孱弱、年龄最小的一只羊驼，于是它就变成了专受欺负的“宠儿”。在冰淇淋和雪满面前，许多小羊驼装出一副乖巧、听话的模样，和和气气地和棉花糖一起嬉戏玩耍。但是一旦离开父母的视线，那些小羊驼就会变得嚣张起来，这个无意地踢它一下，那个有意地撞它一下，虽然这些打击都不算重，但是它的心灵受到了极大的伤害。在这些不懂事的淘气鬼里，有两个表现得特别过分。一个是前首领的儿子巧克力，另外一个则是名叫绿萝的小雌羊驼。 每当棉花糖来到水槽边喝水时，巧克力就会假装没看见它似的，一步一步地倒退着走，直到把棉花糖的脑袋撞进水里，“咕咚咕咚”灌几口水才罢休。每当棉花糖来到小羊驼训练跳跃能力的沟壑边时，绿萝就装作不小心似的，在棉花糖身上不轻不重地撞一下，于是棉花糖就跌进那道小沟里，摔得满脸都是土。每当棉花糖靠着一棵空心树休息时，绿萝和巧克力就使劲撞树干，把棉花糖吓得一惊一乍的，还以为地震了呢。这两个小家伙当着雪满和冰淇淋的面还好好的，一旦雪满和冰淇淋离开后，这两个小坏蛋就开始肆无忌惮地欺负它，几乎把欺负它当成每天必修的课程，只要不欺负它好像就憋得慌。

那两个小坏蛋神出鬼没，每次欺负棉花糖，都在它毫无防备之时，简直就是严重的“校园”欺凌事件。巧克力之所以欺负棉花糖，是因为它看见爸爸的首领之位被雪满抢走，自己失去了王子的身份，出于一种愤恨的心理，它开始欺负棉花糖。而绿萝则是嫉妒棉花糖长得比它漂亮，于是就不择手段地欺负它。可怜的棉花糖就这样变成了牺牲品了。

不管是哪个人，总会有那么一两个朋友的，对动物而言，也是如此。棉花糖也有那么一两个朋友，比如说那个名叫蜜儿的雌羊驼几次都看不下去巧克力它们的行为，出手帮助棉花糖，于是蜜儿和棉花糖也就成了形影不离的好朋友。还有一只名叫木耳的雄羊驼大概也是看不下去这种恶行，好几次也帮助了棉花糖，还有那么两三次，它整整一天都陪伴在棉花糖的身边，不让它受欺负。

大半个月过去了，巧克力它们欺负棉花糖的行为不但没有收敛，反而越来越张狂，不过雪满和冰淇淋都没有发现它们的行为。蜜儿和木耳三番五次都想告诉雪满和冰淇淋，可是等它们刚刚赶到，巧克力和绿萝要么是不知所踪，要么是假装开心地和棉花糖玩耍，一次又一次，蒙蔽了雪满和冰淇淋的眼睛，棉花糖照样受欺负。

蜜儿和木耳气得要吐血，却拿它们一点儿办法也没有。

十

几个月过去了，棉花糖长成亭亭玉立的大姑娘了，可巧克力它们还是把它当成小孩子欺负。蜜儿和木耳经常劝它主动给巧克力它们一点颜色瞧瞧，可它还是不敢还手，每次被欺负时，总是一副认命的样子。最近它们的捣蛋行为有点变本加厉，把棉花糖吓得躲在窝里都不敢出来，它要觅食的话，也选择在炎热的中午出去，宁愿自己受点罪，也不愿遇见巧克力它们。蜜儿和木耳有点失望，为什么棉花糖如此懦弱？为什么一点雪满的勇敢基因都没有？它们必须要改变这个现实，必须要让棉花糖拥有勇敢的品质。它们冥思苦想，终于想到了几条锦囊妙计出来。

十一

一个风和日丽的上午，棉花糖独自躺在窝里，蜜儿朝木耳使了个眼色，示意开始行动 A 计划。它们蹑手蹑脚地来到棉花糖的窝旁边。在这里，它们能看见棉花糖，棉花糖却看不到它们。

棉花糖听到脚步声，还以为是巧克力又来欺负它，吓得连忙把头缩起来。可是过了一会儿，却迟迟不见巧克力闯进来，棉花糖放宽了心，心想大概是其它的小羊驼从窝前经过吧。

这时候，蜜儿和木耳已经摸到洞口前，木耳先张开嘴，大声地叫了起来：胆小鬼，你怎么又躲在窝里不出来了？你就不怕待下去闷死吗？你老不出来，我们也失去了乐趣。你快出来，让我们陪你好好玩一玩，找乐子呀！

棉花糖听到叫声，以为那是巧克力和绿萝。

蜜儿也咩吭咩吭地叫了起来：你可真是个胆小鬼，成天窝在家里像个小老鼠，没一点儿骨气！

棉花糖仍趴在窝里，缩着头，拢着腰，活脱脱一副胆小鬼样。

蜜儿和木耳在门口叫了半天，嗓子都快冒烟了，棉花糖还是没胆量出来。嘿，胆小到这份上，如果动物界也有吉尼斯纪录的话，估计真能载入吉尼斯纪录啦！

A 计划——激将法失败！

蜜儿朝木耳又使了个眼色，俩“人”一起蹑手蹑脚地溜了回去。

当天中午，棉花糖出来觅食的时候，蜜儿它们准备进行计划B——逼迫法。

饿得饥肠辘辘的棉花糖终于出来觅食了，蜜儿它们早早就溜到食槽那边。它们发现，巧克力和绿萝也早已在旁边“恭候”棉花糖的到来！

棉花糖远远地看到两个好朋友也在食槽那里，顿时觉得理直气壮，心安理得。当然了，有朋友保驾护航自然什么都不用怕。棉花糖开心地奔过去，准备与两个朋友一起共进午餐。这时巧克力它们早已不耐烦地蹿了过来，棉花糖一见，本能地躲到朋友后面，请求保护。

可没想到，一向帮它的蜜儿和木耳却双双往前跨了一步，咩咩地叫着，仿佛在说：不要再躲了，迎上去，给它们一点颜色瞧瞧！让它们知道你不是好欺负的！你必须要勇敢地面对现实！棉花糖哀叫了一声，想逃回爸爸妈妈身边，可蜜儿和木耳一人一边挡住了它的去路。蜜儿还用脑袋顶撞它的身体，强迫它转过身去，面对巧克力它们。

棉花糖抬起秀美的丹凤眼，惊愕地望着它的好朋友，咩咩地发出可怜兮兮的叫声。蜜儿狠狠心，又抬起一只稚嫩的蹄子，用无声的语言催促它。巧克力它们倒是善解羊意的，直接又蹿到棉花糖面前，咩吭咩吭地叫着，挑衅着：就你这个胆小鬼，看你能把我们怎么样？！棉花糖又咩咩地叫起来，还想往后退，可是蜜儿和木耳依旧挡住了它的退路。

棉花糖再也无计可施，只好转过身面对巧克力和绿萝，它鼓足勇气叫了几声，还虚张声势地向前跨了 50 厘米，虽说这样做只有抵御之意，毫无反击之情，不过，还是让巧克力它们大吃一惊：没想到草包竟然变成铁包了！它们愣了一下，甚至还倒退了一步，棉花糖趁此又勇敢地往前迈了一步！结果，出其不意，那俩又后退了一步，双方就这样僵持着。棉花糖甚至敢大胆地蹿上去，用蹄子推搡了绿萝的身体，没想到，绿萝竟不堪一击被推倒在地！棉花糖的气势一下子高涨起来：敌退我进，敌怯我勇，敌溃我追，这是所有人——不，不，包括所有动物都精通的战争术。这不，它又蹿了一步，张开那口还稚嫩的牙齿，朝绿萝的脖颈上啃了几口，这几口下去，绿萝脖颈虽没有皮开肉绽，但也已羊毛飞旋。

绿萝之所以叫绿萝，就是因为它的耳朵和尾巴各有几撮绿毛，长得特别像绿萝的叶子。现在棉花糖将这些绿毛啃了个精光，露出难看的青白色皮肤，哈哈，绿萝可以叫“秃田’了！于是绿萝哀叫了一声，逃走了！“咩咩咩——”蜜儿和木耳发出了畅快的叫声，为棉花糖加油助威，鼓励它再次蹿上去，把巧克力打得落花流水。棉花糖又志在必得般地迎上去，蜜儿和木耳跟在它身后，巧克力毕竟是雄性，胆子也比较大些，它毫不含糊地迎了上去。这时候，棉花糖又突然向后退了几步，使出吃奶的劲，向巧克力奔去，巧克力没有防备，结果被撞出一丈多远，刚好被推到沟壑里。趁巧克力还未站稳之际，棉花糖又鼓足劲，把它推了一把：哈哈，让你平时欺负我！现在我也让你尝尝被欺负的滋味！土头土脑的滋味！被人戏弄的滋味！巧克力一下子被摔倒在那小沟里，啃了一嘴土，咩咩地哀叫着，灰溜溜地逃走了！

至此之后，巧克力、绿萝再也不敢招惹棉花糖了！

棉花糖也一改往日懦弱的样子，脸上呈现出发自内心的开朗自信的表情，从此，它会生活得非常开心、快乐和幸福！

十二

这个故事到此就结束了，但还有几句话要说。

雪满依然是首领，冰淇淋依然是皇后，棉花糖依然是公主。

其他羊驼依然是雪满的子民，只是在棉花糖那代，基本上都到了谈婚论嫁的年龄了。棉花糖和动物园新购的一只雄羊驼结为夫妻，木耳不计前嫌，娶了绿萝，蜜儿也化干戈为玉帛，嫁给了巧克力。

它们都开启了自己的新生活。

（完）2019.2.19